共和国的历程

凯旋之师

志愿军全部撤出朝鲜回到祖国

台运真 编写

蓝天出版社 吉林出版集团有限责任公司

图书在版编目（CIP）数据

凯旋之师：志愿军全部撤出朝鲜回到祖国 / 台运真编写.
—北京：蓝天出版社，2014.10（2023.3重印）
（共和国的历程）
ISBN 978-7-5094-1137-7

Ⅰ．①凯… Ⅱ．①台… Ⅲ．①革命故事－作品集－中国－当代 Ⅳ．①I247．8

中国版本图书馆 CIP 数据核字（2014）第 232639 号

凯旋之师——志愿军全部撤出朝鲜回到祖国
编　　写：台运真
策　　划：金永吉　荆忠峰
责任编辑：梅广才　王燕燕
出版发行：蓝天出版社　吉林出版集团有限责任公司
地　　址：北京市复兴路 14 号
邮　　编：100843
电　　话：010—66983715
经　　销：全国新华书店
印　　刷：北京楠海印刷厂
开　　本：710mm×1000mm　1/16
字　　数：69 千
印　　张：8
版　　次：2016 年 3 月第 1 版
印　　次：2023 年 3 月第 3 次
定　　价：29.80 元

前　言

中华人民共和国自 1949 年 10 月 1 日成立以来，已走过了六十多年的风雨历程。历史是一面镜子，我们可以从多视角、多侧面对其进行解读。然而有一点是可以肯定的，那就是，半个多世纪以来，在中国共产党的领导下，中国的政治、经济、军事、外交、文化、教育、科技、社会、民生等领域，都发生了深刻的变化，中国人民站起来了，中华民族已屹立于世界民族之林。

这段时间放到整个历史长河中是短暂的，有如弹指一挥间，但它带给中国的却是极不平凡的。六十多年里神州大地经历了沧桑巨变。从开国大典到 60 年国庆盛典，从经济战线上的三大战役到经济总量居世界前列，从对农业、手工业、资本主义工商业的三大改造到社会主义市场经济体制的基本确立，从宜将剩勇追穷寇到建立了强大的国防军，从废除一切不平等条约到独立自主的和平外交政策，从"双百"方针到体制改革后的文化事业欣欣向荣，从扫除文盲到实施科教兴国战略建设新型国家，从翻身解放到实现小康社会，凡此种种，中国人民在每个领域无不留下发展的足迹，写就不朽的诗篇。

六十几年在历史的长河中犹如沧海一粟，但对身处其间的个人却是并非无足轻重的。其间究竟发生了些什么，怎样发生的，过程怎样，结果如何，非人人都清楚知道的。对此，亲身经历者或可鲜活如昨，但对后来者却可能只是一个概念，对某段历史的记忆影像或不存在或是模糊的。基于此，为了让年轻人，特别是青少年永远铭记共和国这段不朽的历史，我们推出了这套《共和国的历程》。

《共和国的历程》虽为故事形式，但与戏说无关，我们是想借助通俗、富于感染力的文字记录这段历史。这套丛书汇集了在共和国历史上具有深刻影响的重大历史事件。在丛书的谋篇布局上，我们尽量选取各个时代具有代表性的或深具普遍意义的若干事件加以叙述，使其能反映共和国发展的全景和脉络。为了使题目的设置不至于因大而空，我们着眼于每一重大历史事件的缘起、过程、结局、时间、地点、人物等，抓住点滴和些许小事，力求通透。

历史是复杂的，事态的发展因素也是多方面的。由于叙述者的视角、文化构成不同，对事件的认知或有不足，但这不会影响我们对整个历史事件的判断和思考，至于它能否清晰地表达出我们编辑这套书的本意，那只能交给读者去评判了。

这套丛书可谓是一部书写红色记忆的读物，它对于了解共和国的历史、中国共产党的英明领导和中国人民的伟大实践都是不可或缺的。同时，这套丛书又是一套普及性读物，既针对重点阅读人群，也适宜在全民中推广。相信它必将在我国开展的全民阅读活动中发挥大的作用，成为装备中小学图书馆、农家书屋、社区书屋、机关及企事业单位职工图书室、连队图书室等的重点选择对象。

编　者
2014 年 1 月

一、 高层决策

● 9 时 45 分，空中传来了直升机的轰鸣声，这是美方代表到来的信号。不久，直升机在大厅东侧降落。细心的人可以发现，机头上飘着一面黄旗。

● 毛泽东说："鉴于朝鲜的局势已经稳定，中国人民志愿军的使命已经基本完成，可以全部撤出朝鲜了。朝鲜人民可以完全依靠自己的力量来解决民族内部事务。"

● 杨勇说："我们拥护中央的决定。不过，我有个建议，志愿军最后一批撤出朝鲜的时间，能不能推迟几个月，安排在 10 月 25 日，那时正是志愿军出国作战 8 周年纪念日。"

全线炮火归于沉寂

1953 年 7 月 26 日夜，板门店灯光通明，100 多名中、朝两国工人经过通宵达旦的施工，一座具有朝鲜民族风格的飞檐斗角的凸字形建筑，即停战协定签字大厅建成了。大厅正面朝南，凸字形突出部分位于北方。

7 月 27 日清晨，天气很好，金色的阳光穿透乌云，照射到板门店会场区。雨后的山地还有点潮湿，但闷热的感觉已一扫而光。

7 月 27 日 9 时，专程前来采访停战谈判的世界各地 200 多名记者抵达板门店，当他们看到这座一夜之间奇迹般冒出的大厅时，不少人跷起了大拇指称赞说：共产党办事效率真高。

大厅内使用面积约 1000 多平方米，所有与双方代表团有关的设置和用品都是对称的、平等的。大厅正中并列着两张长方形的会议桌，为双方首席代表签字桌。

会议桌中间是一张方桌，供置放双方签字文本之用。届时方桌两侧双方将各有两位助签人。桌上都铺着绿色台呢，一边的会议桌上立着朝鲜民主主义人民共和国国旗，一边的会议桌上立着联合国国旗。

大厅西边的长条木凳是中朝方面人员的席位，东边的长条木凳是"联合国军"方面人员的席位。

大厅北面凸出部分是新闻记者的活动区域。

9时45分，空中传来了直升机的轰鸣声，这是美方代表到来的信号。不久，直升机在大厅东侧降落。细心的人可以发现，机头上飘着一面黄旗。

9时50分，双方的观礼代表和工作人员开始就座。志愿军的观礼代表来自志愿军司令部和前线各军，共约30人。

20世纪50年代后期，志愿军代表杨冠群回忆朝鲜停战协定签字仪式时，他说：

> 所有出席的人员都空着手，唯有冀朝铸和我各带了一个文件夹，准备万一美国代表发表讲话或双方参谋交谈，就上前去做记录，这是两年谈判中我们记录人员的首要职责。进门时，我特地抬头看了看门框上和平鸽取下后残留的痕迹，心中不觉好笑。
>
> 签字大厅呈"品"字形，东西长，北面凸出部分小。大厅东西两头各开一门，供双方代表团各自进出之用，免得混杂不便。双方人员分东西两边，相向而坐。谈判代表的席位居前排，其他观礼人员居后。凸出的部分是记者席，正好面对签字桌。过去谈判时，一张长桌当分界线，把双方隔开，今天则不然，双方中间是一块空旷的场地。南端面北设小方桌一张，放

高层决策

着18本待签字的停战协议文本，小桌东西两侧又各放一张长方桌，上面分别置有联合国旗帜和朝鲜国旗，是双方代表签字的座位。大厅可容纳300余人，其中大部分是来自世界各国的记者。为何协议文本竟有18本之多？这是因为文本共两种：停战协定和临时补充协议，而每种文本各备3套：一套自行保存，一套与对方交换，一套存双方组成的军事停战委员会，而且每套都以朝、中、英3种文字写成，3种文字同等有效。这样，就共有18本。中方准备的9本文本为深棕色皮帧，对方则为蓝色，也就是联合国旗帜的颜色。

10时整，激动人心的时刻终于到来了。朝鲜人民军和中国人民志愿军的首席代表朝鲜的南日大将，"联合国军"首席代表哈利逊中将步入大厅。中方人员正襟危坐，就像参加毕业典礼的学生；对方人员则是千姿百态，有歪着坐的、有跷起二郎腿的，有伸直了脖子的。

代表就座后，便在双方参谋的协助下，先在本方准备的9个文本上签字，然后进行交换，在对方的文本上签字。这一过程共历时10分钟。记者席上一片按快门声和镁光灯的闪亮。谁都不愿错失这一历史性时刻。大功告成之后，两人几乎同时站了起来，然后离座扬长而去。

没有寒暄，没有握手，没有讲话，甚至没有看对方一眼。敌意之深，可想而知。

22时，全线炮火归于沉寂，朝鲜战场终于恢复了和平。

第二天清晨，双方士兵纷纷走出坑道、掩体、炮塔，看一看打得你死我活的对手到底是什么样子，一些大胆的士兵甚至还走到前沿彼此交谈和交换纪念品。没有欢庆，因为谁也不能夸口取得绝对胜利，但许多人都庆幸能活着看见停战。

根据《朝鲜停战协定》第四条第六十款的规定：

> 为保证朝鲜问题的和平解决，双方军事司令官兹向双方有关各国政府建议，在停战协定签字并生效后的3个月内，分派代表召开双方高一级的政治会议，协商从朝鲜撤退一切外国军队及和平解决朝鲜问题等。

也在同一天，金日成元帅、彭德怀司令员向朝中部队发布停战命令：

> 自1953年7月27日22时起，即停战协定签字后的12小时起，全线完全停火。

高层决策

这一刻，双方阵地炮声、枪声大作，然而这是为和平而鸣放。

就在同一天，远在北京中南海的毛泽东，也接到了彭德怀的报告，第二天他起得很早，走出屋门，唱起了京剧，警卫们都说，毛泽东只有在最高兴的时候才会唱京剧。

但停战并不意味着战争即将结束。

根据党中央的部署，朝鲜停战以后，中国人民志愿军的一项主要任务是：

> 继续增进和朝鲜人民的团结，协助朝鲜人民进行经济恢复和建设工作，为朝鲜人民重建家园作出贡献。

1954年3月29日，中国人民志愿军领导机关发出《关于帮助朝鲜人民进行恢复与重建工作的指示》。

指示规定：

> 各部队抽调大批人力、物力、财力支援当地政府和人民恢复生产，重建家园，夜以继日地建设一个新朝鲜。在不影响正常训练、执勤、备战的前提下，连队应有70%的人员、机关应有20%至40%的人员，每月帮助朝鲜人民劳动不得少于7个劳动日。

其实，早在《关于帮助朝鲜人民进行恢复与重建工作的指示》发布前，志愿军战士就开始帮助朝鲜人民做好事了。

据不完全统计，志愿军各部队在1954年的头6个月里，为朝鲜人民做了许多好事：帮助朝鲜人民修建砖瓦厂等企业建筑11座，建造房屋1.3万间，建设电影院、医院、礼堂、政府机关办公楼等172座。其中，沙里院、新安州等地的几个砖瓦厂投入生产后，使平壤、开城、安州、博川和文德等地建筑工程所需的大量砖瓦得到了供应。

以上各项，志愿军部队共付出了183.96万个工作日。驻西海岸志愿军部队帮助朝鲜人民完成的水利工程，不但能防止当地水、旱灾害，并且使附近的农田得到灌溉，当地农民因此每年能增产17万多公斤粮食。

驻东海岸志愿军部队完成的水利工程，也使673.86万平方米农田得到了灌溉。

据黄海道人民委员会估计，仅这一项就使朝鲜地方政府节省了20万以上的劳动力，29万多公斤粮食，1000万元，即合我国旧人民币4.1亿元以上的资金。

总之，中国人民志愿军广大指战员把帮助朝鲜人民进行战后恢复工作看作是自己光荣的责任。他们的共同口号是：

高层决策

要像建设祖国一样来帮助朝鲜人民建设朝鲜！

在施工中，许多战士互相竞赛，保证超额完成施工计划。许多单位和个人创造了先进的作业方法，不断提高工作效率。

战士们还在施工中为朝鲜人民节约了大批资财。

帮助建设平壤市的志愿军工兵部队某部，在半年里利用旧材创造的工具和器材就有136种、10.6万多件，不但节约了大批新料，而且使大同江便桥提前一个月完工。

朝鲜人民深切感谢中国人民志愿军部队给予他们的无私援助。

朝鲜政府和各地人民派出了许多艺术团、歌舞团、电影队、农民演出队和群众慰问组，到各工地和志愿军部队驻地进行慰问和演出。

朝鲜各地人民还献给志愿军各部队锦旗219面，感谢状600多份，慰问信2万多封，蔬菜、鱼和其他食品等礼物26.4万多斤。

为了永久纪念中国人民志愿军对他们的帮助，朝鲜各地人民在许多工地上建立了纪念塔和纪念碑，并且把许多新建成的工程命名为"中朝亲善堤"、"勇士坝"、"兄弟坝"、"中朝友谊宣传室"和"友谊桥"等。

着手政治解决朝鲜问题

就在战士们帮助朝鲜人民进行恢复与重建工作的同时，我国政府也开始着手从政治上解决朝鲜问题。

1954 年 4 月 19 日，中国政府任命周恩来为首席代表，外交部副部长张闻天、王稼祥、李克农为代表，正式组建中华人民共和国出席日内瓦会议代表团，于 4 月 24 日抵达日内瓦参会。

朝鲜问题成为这次会议的焦点，但令人遗憾的是，与会国讨论 51 天，仍然不能达成协议。

在最后一次会议之前，美国国务院已经指示美国代表团要使会议破裂。美国代表纠集参加"联合国军"的国家代表抛出所谓的"十六国宣言"，妄图在没有任何协议的情况下结束会议。

关键时刻，周恩来作了即席发言。

他说：

> 中国代表团带着协商和和解的精神第一次参加这样的会议，如果我们今天提出的最后一个建议都被拒绝，我们将不能不表示最大的遗憾。
>
> 全世界爱好和平的人民将对这一事实作出

判断！

在周恩来发言过程中，全场一片寂静，西方国家乱了阵脚。美国代表声称，在请示政府以前不准备发表任何意见，不参加表决。

周恩来最后提出：

日内瓦会议与会国家达成协议，它们将继续努力以期在建立统一、独立和民主的朝鲜国家的基础上达成和平解决朝鲜问题的协议。

关于恢复适当谈判的时间和地点问题将由有关国家另行商定。

朝鲜外相南日发言指出：

1. 建议各有关国家的政府采取措施，遵照按比例的原则尽速从朝鲜境内撤退一切外国军队。从朝鲜撤退外国军队的期限，由日内瓦会议的参加国协议决定。

2. 在不超过一年的期限中，缩减朝鲜民主主义人民共和国和大韩民国的军队力量，双方军力不得超过 10 万人。

3. 由朝鲜民主主义人民共和国和大韩民国的代表组成一个委员会，来研究创造逐步解除战争状态的条件、将双方军队转入和平时期状态等问题，并建议朝鲜民主主义人民共和国政府和大韩民国政府缔结相应的协定。

4. 认为朝鲜的这一部分或者另一部分和其他国家订有牵涉到军事义务的条约是和和平统一朝鲜的利益不相容的。

5. 为了创造使南北朝鲜接近的条件，成立一个全朝鲜委员会来拟订建立和发展朝鲜民主主义人民共和国和大韩民国之间的经济和文化关系的措施，并执行已取得协议的措施。

6. 认为日内瓦会议的参加国有必要保证朝鲜的和平发展，并从而为尽速解决把朝鲜和平统一为一个统一、独立和民主的国家的任务创造有利的条件。

我们深信，执行我们建议中所规定的措施，就会保证朝鲜从停战转入持久和平，并因此而有助于朝鲜的和平统一。

周恩来表示完全支持南日外相的各项建议，并指出：

从朝鲜撤出一切外国军队，是朝鲜人民在全国选举中能自由表示意见，而不受外力干涉的先决条件。

高层决策

宣布志愿军撤出朝鲜

1954 年 9 月 5 日，中国人民志愿军总部发言人宣布：

中国人民志愿军司令员彭德怀已离任，由
邓华任司令员，并宣布志愿军将于 9、10 两个
月从朝鲜撤出 7 个师返回祖国。

9 月 7 日，朝鲜《劳动新闻》就中国人民志愿军将从
朝鲜撤出 7 个师一事，发表题为《永远不忘中国人民志
愿军的功德》的社论。社论说：

中国人民志愿军和朝鲜人民军并肩作战，
给予美国侵略者以沉重的打击，取得了历史性
的胜利。

停战后，中国人民志愿军又以高度的警惕，
保卫着朝鲜停战的胜利果实，同时帮助我们进
行战后恢复建设工作。

中国人民志愿军的功德比泰山还高，比大
海还深。

……

1954 年 9 月 9 日，《人民日报》发表社论《朝鲜问题必须和平解决——评中国人民志愿军 7 个师撤出朝鲜》。社论指出：

> 朝鲜战争虽然停止了，但朝鲜停战一直处于不稳定的状态，朝鲜问题一直不能得到和平解决，关键就在于美国缺乏和平解决朝鲜问题的诚意。
>
> ……
>
> 中国人民志愿军 7 个师的撤出，最好地说明了中国人民对和平解决朝鲜问题的诚意和信心。
>
> 但是，在朝鲜问题最后和平解决之前，中国人民永远也不会失掉对对方破坏朝鲜停战阴谋的警惕，永远也不会放松粉碎敌人任何挑衅的准备。
>
> ……

这一主动行为，受到朝中人民的一致拥护和国际舆论的普遍赞赏。

9 月 10 日，朝鲜各界在平壤市举行盛大集会，欢送中国人民志愿军 7 个师返回祖国。

1954 年 10 月 4 日，志愿军总部发言人宣布：

高层决策

从 9 月 16 日起到 10 月 3 日止，志愿军 7 个师已经全部撤出朝鲜返回祖国。

1955 年 3 月 23 日，朝鲜祖国统一民主主义战线中央委员会议长团举行会议，决定成立以朝鲜最高人民会议议长李英为首的欢送中国人民志愿军归国部队委员会。

委员会负责筹备举行欢送大会和组织各界人民代表团前往中国人民志愿军归国部队驻地进行慰问和送别等事宜。各界人民代表团即将携带锦旗和纪念章等礼物陆续出发；并且将有艺术队随行，在归国部队驻地举行送别演出。几个代表团将分别由最高检察所检察总长李松云、教育相白南云、朝鲜职业总同盟中央委员会委员长金翊善、朝鲜祖国统一民主主义战线中央委员会议长团议长金天海等率领。

1955 年 3 月 28 日，朝鲜各大报纸发表社论，评论中国人民志愿军撤军事宜。

《劳动新闻》在社论中说：

中国人民志愿军部队陆续从朝鲜撤退，又一次表明了中国人民和平解决朝鲜问题和缓和国际紧张局势的诚意和信念。这种诚意和信念，更加鼓舞了朝鲜人民为战后国民经济的恢复建设和祖国的和平统一而斗争的胜利信心。

朝鲜人民把中国人民志愿军的名字看成是

和平的保卫者和同我们一起捍卫着我国自由和荣誉的最可爱的人的名字。在我们的战友——中国人民志愿军的 7 个师就要归国的时候，朝鲜人民再一次向中国人民志愿军和全中国人民致以热烈的感谢和无上的荣誉。

《民主朝鲜报》在社论中写道：

中国人民志愿军又从朝鲜撤出 7 个师，是中国人民希望和平解决朝鲜问题和缓和国际紧张局势的坚定立场的又一个明显表现。这完全符合朝鲜停战协定的精神，有助于朝鲜问题的和平解决。全体朝鲜人民谨向我们的仁义之友——中国人民志愿军归国部队深表惜别之情。

高层决策。

毛泽东指示撤出朝鲜

1957 年 11 月 7 日，是苏联十月社会主义革命胜利 40 周年纪念日，64 个国家派出代表团到莫斯科祝贺。

毛泽东率中国代表团出席了会议，会议讨论了当时的国际局势和争取和平与社会主义斗争中的迫切问题、与会各国之间的关系问题以及国际共产主义运动的共同问题等。

毛泽东和金日成在谈到从朝鲜撤出中国人民志愿军的问题时，毛泽东说：

> 鉴于朝鲜的局势已经稳定，中国人民志愿军的使命已经基本完成，可以全部撤出朝鲜了。朝鲜人民可以完全依靠自己的力量来解决民族内部事务。

金日成表示完全同意。

随后，中朝双方就此问题通过外交途径进行了协商。

同月，金日成致函周恩来，邀请中国政府派代表团访朝，并表示希望周恩来能率团来访。

12 月 11 日，周恩来给金日成复信表示感谢和接受邀请。

1958 年 1 月 24 日，毛泽东给金日成写了《关于中国人民志愿军撤出朝鲜问题》的一封信。信的主要内容如下：

　　1957 年 12 月 16 日和 25 日两次来信都已经收到了。

　　来信中关于中国人民志愿军撤出朝鲜的问题所提出的两个方案，我们已经仔细地研究过。我们觉得，由朝鲜民主主义人民共和国主动提出外国军队撤出朝鲜的要求，然后由中国政府响应朝鲜政府的要求，是比较适宜的。

　　因此，我们认为采用 12 月 16 日来信中所提出的方案较好。对于这个方案，我们提出一些具体意见。这些意见，我们已经同苏联政府商量过，他们表示完全同意。现将这些意见函告如下，请你和朝鲜劳动党中央考虑是否妥当。

　　1. 由朝鲜民主主义人民共和国最高人民会议写信给联合国，要求联合国军撤出朝鲜，的确是有一定的好处的，因为这样可以便于苏联作为联合国的一个成员国在联合国内提出主张，推动联合国采取行动。但是，这个方式也有缺点，那就是把整个联合国作为同我们敌对的一方，而实际上派出侵略军队组成联合国军的，只是少数联合国的成员国。

因此，我们建议由朝鲜民主主义人民共和国政府发表一个公开声明。声明中根据朝、中方面在 1954 年日内瓦会议上关于朝鲜问题的基本主张，提出以下的建议：

联合国军和中国人民志愿军同时撤出朝鲜；由朝鲜南北双方在对等的基础上进行协商，以建立和发展南北朝鲜之间的经济和文化关系，并且筹备全朝鲜的自由选举；在外国军队完全撤出南北朝鲜以后的一定时期内，在中立国机构监督之下举行全朝鲜的自由选举。

2. 在朝鲜民主主义人民共和国政府发表了公开声明以后，中国政府接着发表声明，支持朝鲜政府的主张，并且正式表示准备同朝鲜民主主义人民共和国政府协商，分批定期撤走中国人民志愿军的问题，同时要求联合国军方面有关各国政府采取同样的步骤。

3. 苏联政府接着也发表声明，支持朝、中政府的声明，强调联合国军方面各国政府应该像中国政府那样响应朝鲜民主主义人民共和国政府的要求，并且建议召开有关国家的会议讨论和平解决朝鲜问题。

4. 今年 2 月中，周恩来同志代表中国政府访问朝鲜期间，朝中两国政府可以在联合公报中宣布，中国政府已经征得中国人民志愿军的同意，中国人民志愿军决定在 1958 年年底以前分批撤出朝鲜。

在联合公报中，朝、中两国政府可以声明，中国人民志愿军在联合国军之前撤出朝鲜，是为了和缓紧张局势，便于朝鲜南北双方在对等的基础上协商朝鲜的和平统一。

因此，联合国军应该采取同样的行动。同时，中国人民志愿军发表声明表示：

中国人民和朝鲜人民是唇齿相依、患难与共的，中国人民志愿军撤出朝鲜决不是对朝、中人民休戚相关的利益置之不理。

如果李承晚和美国重新进行挑衅，越过停战线，那末，中国人民志愿军在朝鲜政府提出要求的情况下，将毫不犹豫地再一次同朝鲜人民军并肩击退侵略。

根据毛泽东在信中的记述，中国人民志愿军的撤军方案以及时间初步拟定如下：

1. 1958 年 3 月至 4 月，在朝、中两国政府发表联合公报以后，撤回三分之一。其余的三分之二均放在第二道防线，由朝鲜人民军全部

高层决策

接防第一线；

2.1958 年 7 月至 9 月，撤回第二个三分之一；

3.1958 年年底以前撤回最后的三分之一。

1958 年 2 月 5 日，朝鲜政府发表声明，主张撤出在朝鲜的一切外国军队和实现朝鲜的和平统一。

2 月 7 日，中国政府发表声明，完全赞同和支持朝鲜政府关于从南北朝鲜撤出一切外国军队、和平统一朝鲜的和平建议，并且准备就中国人民志愿军从朝鲜撤出的问题同朝鲜政府进行磋商。

周恩来访朝签署联合声明

为了促进朝鲜问题的和平解决，缓和亚洲紧张局势，中国政府代表团应邀访问朝鲜，与朝鲜政府代表团举行会谈，磋商中国人民志愿军撤出朝鲜问题。

1958 年 2 月 14 日，周恩来率中国政府代表团乘专机前往朝鲜。

13 时，中国政府代表团乘坐的专机在平壤机场徐徐着陆，等候在机场上的朝鲜群众挥舞着花束和彩旗。

平壤天气晴朗，阳光明媚，大街小巷张灯结彩，飘扬着中朝两国国旗，悬挂着巨幅欢迎标语。

代表团成员有外交部长陈毅、副部长张闻天、中国人民解放军总参谋长粟裕和我国驻朝鲜大使乔晓光。

当周恩来和代表团成员走下飞机时，朝鲜的少年儿童敬献了鲜花。乐队奏中朝两国国歌之后，周恩来在金日成陪同下检阅了仪仗队。

接着，周恩来和其他成员同前来迎接的朝鲜党、政、军领导人，外国使节以及中国人民志愿军高级将领们亲切握手。

在机场上，金日成、周恩来发表了热情的讲话。

金日成在欢迎中国政府代表团的讲话中，盛赞朝中两国人民之间的伟大友谊。

高层决策

金日成说：

欢迎中国客人，我相信中国政府代表团这次来朝鲜进行访问，必将进一步巩固与发展朝中两国人民传统的友好关系，对于维护远东和世界和平的事业定会作出新的贡献。

周恩来在讲话中说：

中朝两国是唇齿相依、安危与共的亲密邻邦。中朝两国人民间这种建立在国际主义基础上的、经过长期斗争考验的友谊是永恒的，是牢不可破的。

朝鲜民主主义人民共和国政府提出的从朝鲜撤出一切外国军队和统一朝鲜的各项建议，中国政府和中国人民全力支持，并且准备为实现这些建议作出积极的努力。

当代表团离开机场，周恩来由金日成首相陪同乘敞篷汽车前往宾馆时，平壤市民聚集在长达10余公里的道路两旁，热烈欢迎中国政府代表团。

周恩来和金日成并排站在敞篷汽车上，不断地向群众挥手致意，群众的欢呼声响彻市空。

当日下午，中国政府代表团拜会了朝鲜党政领导人。

晚间，平壤市各界人民的代表在国立艺术剧场集会，热烈欢迎周恩来和他率领的中国政府代表团。

金日成和周恩来在集会上分别发表了热情的讲话。大会结束后，举行了歌舞晚会。

2月15日下午，中朝两国政府代表团进行会谈，就扩大和发展两国的友好合作关系、加强社会主义国家的友好团结、目前国际形势和和平解决朝鲜等问题交换了意见。

两国政府代表团对上述各项问题取得了完全一致的看法，特别是商定了从朝鲜撤出中国人民志愿军的问题。

在访问期间，周恩来重视向朝鲜人民学习，率领代表团进行了参观访问。

代表团由金日成陪同，先后参观了朝鲜祖国解放战争纪念馆和平壤纺织厂；访问了咸兴、元山，参观了兴南化学肥料厂和人民军阵地；还访问了平安南道顺安郡的上阳农业生产合作社，参观了黄海南道的黄海制铁所。

代表团每到一处都受到热烈欢迎。欢迎人群载歌载舞的热烈场面，使周恩来和代表团的同志们都情不自禁地卷入了舞圈，同欢迎的市民们一道欢快地跳起了朝鲜民间集体舞。

一位曾救过志愿军伤员的老妈妈，听说周恩来要到黄海制铁所参观，不远百里从自己的家乡赶到那里表示欢迎和敬意。她拉着周恩来的手，把用红绸包着的一双

高层决策

银筷和一个银碗献给周恩来。

周恩来等在参观时同朝鲜工人和农业社社员们亲切交谈，表示要学习他们的好经验和坚强不屈的奋斗精神。

在参观朝鲜祖国解放战争纪念馆时，周恩来题词：

> 为反帝国主义斗争胜利，朝鲜人民英雄永垂不朽。朝中两国人民的友谊万古长存。

代表团在兴南化肥厂参观了各个车间，周恩来还同在这个厂工作了 20 年的工程车间工长李云镐进行了谈话。

周恩来在该厂发表了讲话，赞扬了这个厂的迅速恢复和生产的不断发展，对于朝鲜农业的发展是一个重要的支援。

在上阳农业生产合作社，周恩来对社员们说：要把你们的好经验介绍给中国人民。

在黄海制铁所参观时，周恩来说：

> 你们在艰苦的战争时期，为了保护工厂曾进行了勇敢不屈的斗争。你们的工厂遭受了帝国主义者的严重破坏。你们在战后进行的恢复建设工作，表现了工人阶级战胜一切困难的坚强意志和建设社会主义的坚定信心。这是值得中国工人阶级学习的。

1958 年 2 月 16 日晚，周恩来率领代表团乘车到达中国人民志愿军总部。

2 月 17 日上午，周恩来和陈毅、张闻天、粟裕接见了以杨勇司令员、王平政治委员为首的志愿军将领和军官代表。

周恩来就中国人民志愿军从朝鲜撤出的问题听取了志愿军将领和军官们的意见，他们一致拥护两国政府关于从朝鲜撤出一切外国军队、和平统一朝鲜问题的声明。

周恩来语重心长地告诫大家："大家回国后是不是要腾云驾雾地骄傲起来呢？决不能这样。"

王平代表全体志愿军将士表示："请党中央、军委和总理放心，我们一定做好工作，教育全军指战员戒骄戒躁，回国后虚心向人民群众学习，努力把工作做得更好。"

杨勇说："我们的一些官兵感到有点压力，生怕回国后跟不上祖国日新月异的前进步伐，有一点思想包袱。"

陈毅说："你们为了和平和友谊，连生命都可以牺牲，还有什么思想包袱不可以丢掉呢！"

周恩来接着说："你们在朝鲜是最可爱的人，回国后也要永远做最可爱的人。"

他要求全体官兵要善始善终，安全圆满地回到祖国。

下午，志愿军领导机关为周恩来举行欢迎大会。周恩来代表中国政府和中国人民向英勇善战、为祖国争光的全体志愿军官兵表示亲切慰问。

他们号召中国人民志愿军广大官兵继续发扬高度国际主义精神，虚心学习勤劳智慧的朝鲜人民和英勇顽强的朝鲜人民军的优点和长处。

陈毅操着浓重的四川乡音对志愿军将领们说：

> 我们任何时候、任何地点，都不要去充恩人，不要以为我有恩于你，你就要给我磕头。

他特意给大家讲了一个故事：古代信陵君救赵，解了邯郸之围后，喜形于色，以为拯救了一个赵国，便可名扬天下。

一位知己的朋友劝告他，不要骄傲，不要居功。信陵君得到的忠告是："人有德于公子，公子不可忘也；公子有德于人，愿公子忘之。"这是中华民族的传统。

他谆谆告诫志愿军官兵，发扬国际主义精神，爱护朝鲜人民的一草一木，学习朝鲜民族的优点和长处，以实际行动向朝鲜父老兄弟姐妹们告别。

在杨勇、王平的陪同下，周恩来、陈毅、张闻天、粟裕等，冒着纷纷扬扬的大雪到志愿军烈士陵园献了花圈，瞻仰了烈士陵墓。

2月19日上午，周恩来和金日成分别代表本国政府签署了联合声明。

联合声明中宣布：

中国人民志愿军完全同意中国政府的建议，决定在 1958 年年底以前分批全部撤出朝鲜。

联合声明指出：

从朝鲜全部撤出中国人民志愿军的这一主动措施，再一次证明了朝中方面对于和平解决朝鲜问题和和缓远东紧张局势的诚意。

现在正是严重地考验美国和参加联合国军的其他国家的时刻。如果他们对于和平解决朝鲜问题有诚意，他们就应同样从朝鲜全部撤出他们的军队。

联合声明提醒美国和南朝鲜李承晚集团不要把朝中方面的主动措施看作是软弱的表现，以为有机可乘。并强调：

朝鲜人民和中国人民有着休戚相关的利益，帝国主义对于朝鲜民主主义人民共和国的任何侵犯，中国人民过去没有，今后也绝对不会置之不理。

在中朝两国政府联合声明发表后，中国人民志愿军

高层决策

总部也于 2 月 20 日发表了关于从朝鲜撤出中国人民志愿军的声明。

在中朝联合声明签字的同一天,周恩来应邀在朝鲜第二届最高人民会议第二次会议上发表了重要讲话。

他在讲话中着重指出:

朝鲜人民反侵略战争的胜利,是促成国际上社会主义力量和和平力量不断发展的因素之一。

美国不甘心中朝两国人民得到解放,并且敌视我们,想要在我们两国人民没有巩固自己的力量以前,用武力把我们压倒。但是,他低估了朝中人民的力量,他的计划完全失算了,朝中人民却取得了胜利。

这是美帝国主义有史以来的第一次军事失败。全世界人民从这里看到,美帝国主义并不是所向无敌,而是可以被打败的。

周恩来在朝鲜最高人民会议的讲话中郑重表示:

朝鲜人民击败美帝国主义的侵略,对于中国的和平建设起了多么大的支援作用。

中国人民也时刻不能忘记至今守卫着东方反帝前线的英雄的中国人民解放军。派出自己的优秀儿女支援朝鲜人民的祖国解放战争，是中国人民光荣的国际主义义务。

协助朝鲜维护停战、实现朝鲜的和平统一，也是中国人民应尽的责任。

周恩来在讲话中赞扬了朝鲜人民在以金日成为首的朝鲜劳动党和政府领导下所获得的重大成就，以及朝鲜人民的高度爱国主义精神和勇于克服困难的英雄气概。

周恩来的讲话引起与会者的极大关注，并不断报以热烈的掌声。

2月20日晚，中国政府代表团访朝就要结束，乔晓光大使在我国驻朝使馆举行宴会，招待朝鲜党政领导人和各界人士及中国人民志愿军代表等，共约500人参加。

金日成和周恩来出席宴会并讲话，他们祝愿中朝两国人民兄弟般的友谊日益发展，万古长青。

2月21日，中国政府代表团结束在朝鲜民主主义人民共和国的访问，满载着朝鲜人民的深情厚谊离开平壤回国。

当周恩来、陈毅等在车站广场上向群众告别时，人群一齐摇动着花束和彩旗，发出雷鸣般的震天动地的欢呼声。

周恩来等走到车站月台上，再一次同金日成首相、崔庸健委员长等热烈握手告别。

中国人民志愿军按照已宣布的在1958年年底以前分

高层决策

批全部撤出朝鲜的决定实行撤军。

第一批 7 个师共 8 万人，从 3 月 15 日至 4 月 25 日撤出；

第二批 6 个师和其他特种兵部队共 10 万人，于 7 月 11 日至 8 月 14 日撤出；

第三批志愿军总部、3 个师和后勤保障部队共 7 万人，于 9 月 25 日至 10 月 26 日撤出，至此全部撤完。

10 月 27 日，朝鲜军事停战委员会在朝中方面建议下召开会议。

10 月 28 日，朝鲜政府就中国人民志愿军撤出朝鲜发表声明，也要求美国从南朝鲜撤军。

中朝联合声明中说：

朝鲜政府代表团对中国人民在战争时期和战后时期给予物质上、道义上的援助，并派遣自己的优秀儿女到朝鲜，以鲜血支援了朝鲜祖国解放战争，再一次表示感谢。

中国人民志愿军同朝鲜人民军一起击败了美帝国主义侵略之后，在战后时期继续守卫和平防线，并且积极援助了朝鲜和平建设。

朝鲜政府和朝鲜人民怀着兄弟般的情谊和深切友爱，永远不会忘怀中国人民志愿军的功绩。

中国政府代表团认为，朝鲜人民击败美帝

侵略，对于维护远东和世界和平作出极其重大的贡献。

中国政府代表团对于朝鲜政府和朝鲜人民在过去7年多时间里给予中国人民志愿军的关怀表示深切感谢。

1958年2月5日，朝鲜民主主义人民共和国政府发表声明指出，一切外国军队撤离朝鲜、和平统一朝鲜是应该毫不迟延地解决的成熟的问题。并宣布一切外国军队必须同时撤离朝鲜，在一切外国军队完全撤离南北朝鲜后的一定时间内，举行全朝鲜自由选举，实现朝鲜的和平统一。

声明指出：

停战协定已经4年了，朝鲜仍然没有得到统一，朝鲜人民继续在国土遭到分裂的不幸状态下忍受分裂，全朝鲜渴望分裂南北的人为的障碍能早日消除，并达成祖国的和平、统一。

2月7日，中国政府就朝鲜和平统一问题发表声明，完全赞同和支持朝鲜民主主义人民共和国关于朝鲜问题的和平倡议：一切外国军队同时撤出南、北朝鲜，然后在中立国机构监督下举行全朝鲜的自由选举。

2月7日下午，中国外交部负责人分别接见了捷克斯

高层决策

洛伐克、瑞士、瑞典、波兰和英国使节，面交中华人民共和国政府关于朝鲜和平统一问题的声明，请他们转达本国政府，并请英国政府将中国政府的这项声明转交给在朝鲜参加"联合国军"的其他各国政府。

杨勇坚决拥护撤军

1958年2月，关于志愿军撤军的时间问题，周恩来专门征求了杨勇和王平的意见。

周恩来问："志愿军准备在今年上半年全部撤出朝鲜，你们有什么意见？"

杨勇说："我们拥护中央的决定，不过，我有个建议，志愿军最后一批撤出朝鲜的时间，能不能推迟几个月，安排在10月25日，那时正是志愿军出国作战8周年纪念日。这样一来，志愿军还可以帮助朝鲜再建设几个月。"

这个建议被中央采纳了。

周恩来对杨勇说，军委已初步研究了，基本赞同你的意见，明天我们就和朝鲜同志谈这个问题。

送别中央代表团以后，杨勇、王平等便着手进行撤军的动员准备工作。

在志愿军党委会上，王平说："从朝鲜撤军，部队行动复杂，涉及的问题面广，必将引起国际的广泛关注，稍有疏忽便会造成不容挽回的影响。所以我们一定要统一思想，统一行动，做到认真、仔细、周到、圆满。"

为了保证撤军的顺利实施，中国人民志愿军总部在发表声明的当天召开大会，向官兵阐述中朝两国政府声

高层决策

明和志愿军总部声明的内容、中国单方面撤军的意义和工作要求。

中国人民志愿军各部队按照计划分三批撤离朝鲜，返回祖国。对于部队的撤军顺序，中央军委确定"先前沿，再西海岸，后中间"的方针。

杨勇将军曾经写过一篇《在志愿军回国的日子里》的文章，他回忆了当时的情景：

> 周恩来和金日成共同签署了两国政府的联合声明后，志愿军总部也在第二天发表了声明，中国人民志愿军全体官兵完全赞同并热烈支持中朝两国政府的声明，并决定于1958年年底以前分批全部撤出朝鲜。

志愿军在声明中说：

> 在我们即将开始撤出朝鲜国土的时候，我们愿意向朝鲜人民保证，虽然我们即将离开你们了，但是，我们的心将永远同你们在一起。我们仍然会像在朝鲜时一样，继续关注我们两国人民反抗侵略、保卫和平的共同事业。
>
> 如果美帝国主义和他的追随者胆敢破坏朝鲜停战协定的尊严，再一次发动侵略战争，那时只要朝鲜人民和朝鲜政府认为需要，中国人

民将会毫不迟疑地派出自己的优秀儿女，再一次跨过鸭绿江，同朝鲜人民军一起为粉碎敌人的侵犯而共同奋战到底。

声明发表后，在世界上引起强烈反响。

1958年3月12日，中国人民志愿军总部发表撤军公报：

中国人民志愿军将于1958年12月底以前分3批全部撤出朝鲜。第一批7个师将于1958年3月15日开始撤离朝鲜，4月30日以前撤完。

在撤军前，中国人民志愿军党委还作出决定，将1958年2月份定为"中朝友好月"，号召全军指战员热烈开展各种活动，进一步增进中朝两国人民的友谊。

从1958年3月15日至10月26日，中国人民志愿军分三批全部撤出朝鲜回到国内：

第一批撤出的部队为陆军第二十三军、第十六军7个师及部分炮兵、坦克、工程兵、汽车部队、工程兵指挥所和第十九兵团领导机关，共8万人，于3月15日开始至4月25日撤出朝鲜。

第二批撤出的部队为陆军第五十四军、第二十一军6个师及部分坦克、炮兵、高炮、后勤、工程兵部队和坦

高层决策

克指挥所，共 10 万人，于 7 月 11 日开始至 8 月 14 日撤出朝鲜。

第三批撤出的部队为志愿军总部、陆军第一军 3 个师、炮兵指挥所及志愿军后勤部、后勤保障部队，共 7 万人，于 9 月 25 日开始至 10 月 26 日撤出朝鲜回国。

在开城，军事停战委员会朝中方面首席委员姜尚吴当天写信通知中立国监察委员会。

信中写道：

根据中国人民志愿军总部 2 月 20 日关于中国人民志愿军决定，在 1958 年年底以前分批全部从朝鲜撤出的声明，作为第一批撤出的中国人民志愿军 8 万人，将在 1958 年 3 月 15 日到 4 月 30 日期间，经由列在停战协定第四十三款中的新义州口岸撤出朝鲜。

希望中立国监察委员会对此进行监督和视察。

姜尚吴还写信通知"联合国军"方面首席委员小基斯特，中国人民志愿军第一批 8 万人即将从朝鲜撤出。

二、 开始撤军

● 志愿军全体指战员遵照中共中央和毛泽东的指示，为朝鲜人民重建家园，流了血，流了汗，和朝鲜人民一道创立了英雄业绩，作出了很大贡献。

● 金日成说："你们为和平而来，现在又为和平而去。从个人的感情来说，我真舍不得让你们走。"

● 金日成说："8年来，你们用鲜血和汗水援助了我们的国家。在朝鲜的每一座山、每一棵树，每一条河流，都浸透着你们无私的鲜血，布满着你们英勇斗争的业绩。"

进行撤军的动员准备

1958 年 2 月 21 日，中国人民志愿军政治部发出《关于我军撤出朝鲜的政治工作指示》，要求全体同志明了撤军的意义和要求，积极主动地做好一切准备工作。

志愿军广大指战员按照志愿军党委"不骄不懈，善始善终，军队撤出，友谊长存"的方针，响应做到撤军"三好"的号召，即交好、走好、到好，掀起一个增进团结友谊的新高潮。

撤军前，根据志愿军司令部的规定，中国人民志愿军和朝鲜人民军一起，积极修筑工事，加强军政训练，严阵以待，随时对付美伪军任何军事挑衅。

据统计，志愿军在撤军前仅修筑坑道就达 1250 公里，挖各种堑壕、交通壕长达 6240 公里；所修的 10 个地堡，出土 6000 多万立方米，如果把这些土堆成宽高各一米的长堤，可以围绕地球的赤道线转一圈半，人称"当代地下长城"。

志愿军全体指战员遵照中共中央和毛泽东的指示，为朝鲜人民重建家园，流了血，流了汗，和朝鲜人民一道创立了英雄业绩，作出了很大贡献。

正是由于这方面的工作，加上世界上爱好和平的人们的同情和支持，朝鲜停战保持了相对稳定的局面。

在维护停战协定的同时，中国人民志愿军把帮助朝鲜人民医治战争创伤、重建民主朝鲜当作自己的责任，以高度的热情，积极参加朝鲜人民的建设工作。

在接近前沿的地区，敌人曾经埋下许多地雷、定时炸弹等隐蔽爆炸物，时不时炸伤因战争逃离，而今返乡的老百姓。中国人民志愿军工兵部队组成排雷队，协助回乡的朝鲜农民排出敌人埋下的地雷等爆炸物，然后帮助朝鲜老百姓平整土地、修盖房舍，使他们尽快恢复生产，安居乐业。

对于那些因为战争流离失所的朝鲜难民，志愿军首长便派出部队，伐木割草，打坯烧砖，帮助朝鲜老乡盖起民房 4.5 万多间，植树 3600 多万棵，此后，昔日被炸弹炸秃的道路两旁，村前屋后，又有了片片绿荫。

中国人民志愿军铁道兵部队帮助朝鲜人民修复铁路线和火车站，重建、新建铁路桥梁 300 多座，迅速恢复朝鲜北部的铁路交通运输。

中国人民志愿军工程部队应朝鲜政府的要求，派出工程兵和其他部队，担负了各种办公大楼、邮电通信、医院、学校等重点工程的大规模建设，并投入平壤、咸兴、元山等城市的重建工作。

战士们用满腔热情忘我劳动，为这几个城市增光添彩，描绿画红，受到了朝鲜各级领导和人民群众的普遍赞扬。

在农业生产方面，朝鲜是以生产水稻为主的国家，

开始撤军

离了水，农业生产将受到严重影响。农民家庭出身的杨勇、王平深深懂得这一点。为此，他们组织志愿军指战员，派出工程技术人员，帮助朝鲜人民突击修复了被敌人破坏的见龙、泰川等8个水库，还修建了平南灌溉工程、胜湖里灌溉工程等大型水利设施，使干涸的农田得到及时浇灌，农业生产很快得到恢复。

志愿军战士们把驻地当成自己的第二家乡，提出了"保证不荒一亩田"的口号，帮助朝鲜人民耕地、插秧、送粪、锄草、收割，实行"包种、包收、包运、包藏"的一条龙服务。在过去弹坑累累的土地上，很快长出了绿油油的禾苗、黄灿灿的稻谷。

据统计，在停战后的5年多时间里，志愿军帮助朝鲜人民修建的各种堤坝共4096条，长达430公里；修筑的大小水渠2595条，长达1200多公里，为农业生产的恢复打下了坚实的基础。

撤军前，各部队利用空隙时间对前沿的坑道、战壕、掩体和所有工事、道路，进行了彻底的整修、清扫和加固，组织力量把一切未完成的工事全部突击完成。

根据相关规定，中国人民志愿军在即将全部撤出朝鲜的时候，将自己的营房、营具、营房设备、物资、器材全部无偿地移交给朝鲜人民军接收。

在交接前，指战员们维修工事，清扫坑道和战壕，粉刷营房，美化环境，修饰俱乐部，增置用具，处处修整得整整齐齐。

在交接过程中，各级指挥机关均以主官对主官、部门对部门，逐级对口地向接防的朝鲜人民军办理移交，把敌情、地形、工事和作战方案都交代得一清二楚。

志愿军移交防务给朝鲜人民军的同时，将营房、营具、大量物资器材和医院的全套设备，完整无偿地移交给人民军。所有部队都将伙食单位自养的猪羊、种的蔬菜、自制的生产工具赠给人民军接防部队。

人民军接防时，志愿军列队欢迎，像亲人般接待人民军战友，认真细致地交代防务。广大指战员拿出最心爱的礼物赠给人民军同志留念。两国军队亲密的战友之间，洋溢着牢固的战斗的深情。

此外，各志愿军部队组织了由 1.6 万人参加的 960 个代表团，分别向朝鲜各级党政机关、人民团体和人民军部队等告别辞行。志愿军干部战士赠送朝鲜人民的各种纪念品有 20 多万件。

1954 年 9 月 22 日，《人民日报》发表社论《欢迎中国人民志愿军 7 个师的胜利归来》，文中指出：

> 中国人民志愿军的 7 个师开始撤出朝鲜返回祖国了。我们谨向胜利归来的中国人民这支英雄的子弟兵表示最亲切的慰问和最热烈的欢迎。
>
> 今天，志愿军的归国部队带着伟大胜利的荣誉回来了！全国人民也用建设祖国的巨大成

开始撤军

就来欢迎自己的子弟兵。志愿军没有辜负祖国人民的委托，出色地完成了打败敌人保卫祖国的神圣任务，祖国的人民同样没有辜负志愿军的期望，也出色地进行了支援志愿军和建设祖国的伟大事业。

现在，第一届全国人民代表大会第一次会议正在召开，中国人民的第一个宪法已经正式公布，检阅中国人民建设成就的中华人民共和国成立5周年的国庆节就要到来。

归国部队的同志们将亲眼看到、亲身感到：自己在朝鲜的艰苦战斗和流血牺牲，已经取得了伟大的报偿：自己在朝鲜日日夜夜怀念着的祖国正在逐步过渡到光辉灿烂的社会主义社会。

这是祖国英勇无敌的子弟兵和祖国勤劳勇敢的人民在中国共产党和毛主席的领导之下共同创造的业绩！

让我们为祖国有这样的英勇子弟兵和这样的人民而自豪而欢呼！

志愿军老战士李书岩曾经写过一篇回忆录，回忆了自己在撤军过程中的真实记忆：

一个星期天的早晨，我们的部队正在营房前的操场上玩篮球，扩音器里突然响起了重要的广播：中国人民志愿军总部发表声明，1958年年底以前，中国人民志愿军部队分批全部撤出朝鲜。

听完这一振奋人心的消息后，战士们振臂高呼："毛主席万岁！中国共产党万岁！和平万岁！"

宣布撤军之后，我们整天在做撤军前的准备，把营区打扫得干干净净，除了武器、装备外，把一切物资、财产都留给朝鲜人民。篮球网、乒乓球网和拍子都换上了新的。此外，我们每天还学跳朝鲜舞，迎接前来慰问的朝鲜军民。

1958年4月24日，这是一个难忘的日子。这一天，部队首长带领战士们到志愿军烈士陵园扫墓，同为保卫世界和平而牺牲的烈士们告别。

战士们来到烈士墓前，一一为烈士献上金达莱鲜花，脱去军帽，默默地三鞠躬，我们流着泪向战友们告别。

我们到战士的墓前敬献花圈。说："亲爱的战友们，我们胜利了，马上就要回国了，我们特来向你们告别，祖国将永远记住你们的名字！"

许多战士流下了热泪。告别的那天，也许

开始撤军

烈士们有感应，天突然下起了毛毛细雨。

朝鲜人民军来为志愿军送行，她们竟然是清一色的女兵。为表达中朝友谊，师长将一匹大白马送给了朝鲜兄弟部队。

4月25日，是我们部队撤军的日子，上午我们把阵地移交给了朝鲜人民军，16时，我们背着行李，踏着泥泞的道路，迎着蒙蒙细雨，到福溪车站上车。

18时整，冒着大雨，朝鲜人民军从四面八方簇拥到广场，欢送我们。他们载歌载舞把我们团团围住，我们一起跳起了朝鲜舞，歌声、欢呼声响彻云霄。

19时5分，火车正式开动了，我站在车门口，向欢送的朝鲜军民挥手告别："再见吧！英雄的朝鲜人民。再见吧，亲爱的阿妈妮！"我含着眼泪，望着消失在夜幕中的亲人们。

朝鲜成立欢送委员会

在中国政府代表团离开朝鲜后，朝鲜内阁作出决定，在中央和各地分别组成欢送中国人民志愿军委员会，组织进行欢送工作。

1958 年 2 月 7 日，朝鲜政府作出《关于永远纪念中国人民志愿军的伟大业绩和欢送他们从共和国北半部撤出的决定》。

决定提出：

向中国人民和中国人民志愿军致由朝鲜人民签名的感谢信。

1958 年 10 月 10 日以前在平壤市建成"中国人民志愿军友谊塔"。

彻底整修各地的中国人民志愿军烈士墓，并采取永久保存、管理办法。

将在战争中同中国人民志愿军结成深厚情意的黄海北道沙里院市的中央大街命名为"中国人民志愿军街"。

向参加朝鲜战争的中国人民志愿军全体官兵授予"祖国解放纪念章"。

制作以中国人民志愿军建树的高尚业绩为

开始撤军

内容的电影故事片和纪录片。

将中国人民志愿军赴朝 8 周年的 1958 年 10 月定为 "朝中友好月"，举行各种盛大活动，高度赞扬志愿军的丰功伟绩。

为保证做好欢送中国人民志愿军的工作，朝鲜内阁成立 "中央欢送委员会"，各道、市、郡均成立欢送委员会；为中国人民志愿军回国提供一切方便。

根据以上决定，朝鲜政府向志愿军官兵授予 "祖国解放纪念章"，向志愿军全体人员和中国援朝工人授予 "朝中友谊纪念章"。

志愿军撤军期间，朝鲜中央和地方机关向志愿军赠送锦旗 586 面，朝鲜人民群众写给志愿军的感谢信 28.6 万封，充分表达了朝鲜人民对志愿军官兵的感激之情。

金日成和朝鲜党政领导人，亲临志愿军撤军部队驻地送别勉励。朝鲜人民热情欢送志愿军，临别前夕各地举行欢送大会。

朝鲜人民给志愿军和中国人民致感谢信的全民性签名活动开展了 4 个月。朝鲜人民在感谢信上签名的运动中，有着许多动人的场面和令人难忘的故事。

685 万朝鲜人民在感谢信上签了名。打开用红色绸缎装订的第一册签名簿，第一个签名的是金日成。

正在进行生产竞赛的工人，就在机器旁边签名；农民们穿上传统的洁白长袍来签名；8岁的少年和80岁的爷爷一同签名；空着右袖管的复员伤残军人用左手签名。

从平壤到元山，从长津湖到上甘岭，人们举行集会，朗读感谢信，回忆志愿军的功绩，工农兵学商、男女老幼都怀着送别亲人的心情，在这封信上签了名。

当年在风雪交加的长津湖前线和志愿军并肩作战15次，并同志愿军一起击毁7辆美军坦克的支前模范崔希彦在签名以后说，中国人民和志愿军的国际主义精神永远鼓舞着我们，使我在遇到任何困难的时候，想起他们就有了勇气和力量。

曾救过许多志愿军伤员的"志愿军妈妈"柳梅说，我们永不会忘记志愿军在我们的土地上流下的血汗。我没有把志愿军当作外国军队，而把他们当作自己的亲儿女。我为有这样的好儿女而感到自豪，我们为有中国这样的兄弟国家而感到莫大的幸福。

平壤纺织机械工厂工人赵俊龙，在签名的时候摸着自己的一条胳膊说，战时美国飞机炸伤了我的胳膊，是志愿军冒着轰炸和烈火救了我，并给我治好了伤。我要用志愿军给我治好的手努力工作，提前完成五年计划。

在国际主义战士罗盛教舍身救出朝鲜少年崔莹的地方，成川郡朔仓里罗盛教农业社的社员们，在感谢信上签名的这一天，男女老幼都穿上了节日的服装，在罗盛教烈士的墓前进行签名。

崔莹的弟弟、罗盛教青年突击队队长崔现签名后说，

开始撤军

我们要不辜负罗盛教哥哥的名字，我们青年突击队要学习他的精神，把这个贫穷的山区建设成乐园，争取早日实现祖国的和平统一。

战争时期在危急的情况下掩护了两个志愿军战士的青年妇女洪顺粉说，我把名字签在感谢信上，由志愿军带回中国去，让它同中国人民在一起，我们的心永不分离。

685万个名字，代表全朝鲜人民的心，这是朝鲜人民给予中国人民和中国人民志愿军的崇高的荣誉。

朝鲜人民依依惜别志愿军

春节刚过，朝鲜的春天就悄悄来到了，融融的暖风从太平洋上空一阵阵吹来，山上一望无际的松树林，茂密苍翠，大地恢复了生机。

中国人民志愿军全体官兵开始第一次撤军了，3月初，在同朝鲜人民离别的时候，自从有人发起在向朝鲜人民告别信上签名的倡议以来，全军迅速形成了签名的高潮。

从前沿阵地到鸭绿江畔，不少连队都举行了隆重的签名仪式，并且宣誓永远维护中朝两国人民的深厚友谊和团结，支持朝鲜人民和平统一祖国的斗争。

有些官兵在签名时，还细心地将名字组成"中朝友谊万古长青"、"和平万岁"以及"和平鸽"等字样和图案。

1958年3月11日，金日成等朝鲜领导人在志愿军第一批归国部队领导机关驻地举行隆重的欢送大会，热烈欢送这批即将离朝归国的志愿军官兵。

金日成在大会上作了送别讲话，授予部队官兵"朝中友谊纪念章"、"朝鲜祖国解放战争纪念章"，并同第十九兵团副司令张天云等领导同志及战斗英雄合影留念。

这批志愿军归国部队的第一列火车驶抵平壤时，志愿军官兵在一片欢呼声中和欢迎人群的热情迎接下走上

开始撤军

火车，站台上立即沸腾起来，掌声雷动，歌声嘹亮，朝鲜群众簇拥上去给每人胸前佩一朵大红花。

车站上锣鼓喧天，从各地赶来欢送的朝鲜人民都穿着节日盛装，载歌载舞。在举行了隆重的欢送大会后，欢送的人群和志愿军官兵跳起了秧歌舞和友谊舞。

朝鲜人民给志愿军官兵送来了数十万件纪念品和送别信。礼品中有各种锦旗、油画、刺绣、照片等，还有朝鲜人民特意赶制出来的工艺品、"光荣袋"、"胜利鞋"、民族服装和战时精心保存下来的纪念品以及金日成的女儿金敬姬奉献的银杯等等。

这些礼品不仅洋溢着朝鲜人民热爱志愿军的深情，而且还记录着一个个动人的故事：

一位60多岁的老大娘，送给志愿军一个包袱皮，是她出嫁时用30多户人家送的不同颜色布条缝成的，按朝鲜的风俗这只能传给至亲的后代。

曾被敌机轰炸负了重伤、被志愿军战士抢救下来的孤女边卢周，用蓝布包了一撮土送给志愿军，她流着感激的泪水说："这是朝鲜的土，是你们洒下自己的鲜血保卫下来的我们祖国的土。"

平唐郡妇女张淑二为感谢志愿军战士从洪水中救出了她的儿子，送来了她的两束青丝。

老战士阎稚新曾经在《解放军报》上发表文章回忆当时的情景，他说道：

1958 年 3 月 14 日，志愿军离开驻地佳川里，全里人民盛装集合，夹道欢送。举中朝国旗，撒五彩纸屑，锣鼓喧天，载歌载舞。

年轻姑娘给每个战士戴上一朵大红花；老太太叫每个战士喝上一口送别茶；儿童围着汽车不让走，叫声叔叔，同我握握手；母亲背着孩子，喊声同志慢走，让我多看一眼。

妇孺老幼歌唱《东方红》，军民一齐高喊毛泽东，边唱边舞，你拥我抱，两个营的部队，通过 500 名群众的行列，三个钟头好容易才告别完。

3 月 16 日，某团离开驻地安峡里，人民军的师长亲自率部队欢送，人民群众把志愿军的干部战士抬起来，我们的战士把人民军的军官抬起来，被抬起来的志愿军官兵同人民军官兵又牵手相连，一同前进。

"红领巾"帮着战士扛枪。妇女们帮着战士顶背包，友谊的话说了一遍又一遍，友谊的泪流了一次又一次，友谊的人送了一程又一程。

紫霞洞有位 66 岁的老太太，叫尹明俊，她 3 个儿子在战时都牺牲了，停战后某团三连住在她家里，春播、夏锄、秋收、冬积肥，样样都帮她劳作。后来三连移防了，老太太每年都来看望。这次她听说志愿军归国，带了 4 只鸡、

18斤栗子、5斤糖，特地来看望三连，见面后泣不成声，战士无不泪下。

某团饲养班里，有个哑巴小孩，父母被美军飞机炸死了，他因炸聋致哑。

这个孩子是某军回国时转交下来的，他平时铡草、喂马，非常勤劳，战士们都很喜爱他，送给他不少东西，他的衣物比战士的还多。

当他发觉志愿军将要回国时，心情很沉重，3天卧床不食，每夜起来四五次，看看志愿军走了没有，生怕把他丢下。部队撤离驻地时，这个孩子送了10多公里，哭哭啼啼要来中国。

最后还是人民军的团长，把他抱着连亲带吻地带回去了。

某团离开驻地后，所属军政治部派处长前往检查纪律，人们见到志愿军，就成十成百地围拢上来，高声喊着："志愿军不走了！又回来啦！"有个老人把处长拉到家里，摆上满桌饭菜，请他做客。老人边吃边说："你们的影子，你们的热情，天天在我脑子里转，你们已经走啦，我只有每夜想想你们，好暖暖我的心！"老人边哭边唱："白头山呀白头山，白头山再高，也没有中朝友谊高！鸭绿江呀鸭绿江，鸭绿江再深，也没有中朝友谊深！"

看守志愿军烈士墓的老人李守昌对处长说：

"你回去告诉同志们放心吧，有我在，我把烈士墓看好，我死了有儿子看，儿子死了有孙子看，我们子孙万代，要把志愿军的烈士墓看好！"

佳川里的洪指导员曾住过志愿军医院，因伤势重，志愿军给他输过血，这次他一见处长就握住双手不放，说："志愿军的血还在我血管里流淌，我怎么能忘记你们呀！"

这山河般的友谊，骨肉般的情感，是志愿军认真执行毛主席的指示，尊重劳动党，尊重朝鲜政府，尊重金日成首相，爱护朝鲜一山一水一草一木的胜利。

欢送大会后，在车站上进行送别时，欢送的人们和志愿军战士们一簇簇地围在一起，拥抱、握手、签名留念。许多朝鲜妇女把精心绣好的荷包亲手系在志愿军战士的腰带上，把各种礼物送给志愿军。

白发的朝鲜母亲将她们结婚时的戒指送给志愿军战士，嘱咐他们把戒指传给后代。

后来，在军事博物馆的抗美援朝展厅里，仍然有32枚大小不一的金戒指，组成金色的"心"形图案，镶嵌在一块火红的展板上。

关于这32名朝鲜妇女的姓名、32枚戒指的赠送地点及场合，都没有发现任何文字记载。但在这些朝鲜人民中，可能有刚刚结婚的新娘，有儿孙绕膝的大妈，有志

开始撤军

愿军战士的老房东，有在战火中被志愿军救出的陌生人。虽然 32 位朝鲜妇女的姓名不详，年龄不同，但每枚戒指都是她们的定情信物，是 32 颗至纯至爱金子般的心，凝聚着全体朝鲜人民的血肉深情啊！

年迈的朝鲜老大爷将祖传宝剑佩在志愿军干部身边；小学生把作业本捧给志愿军叔叔；人民军战士包一包英雄阵地上的泥土，交给战友带回祖国。

千万件礼物带着千万颗朝鲜人民的心，体现着中朝人民深厚的友谊。

两国人民和军队之间流露的人间最珍贵、高尚而深厚的友情，显示了无产阶级国际主义团结的伟大力量。

在平壤市牡丹峰剧场，朝鲜各界举行盛大集会，欢送中国人民志愿军 7 个师返回祖国，大会由朝鲜祖国统一民主主义战线中央委员会次帅崔庸健主持。

当中国人民志愿军返国部队的代表们在朝鲜党、政、军首长的引导下登上主席台时，全场起立热烈鼓掌。

朝鲜人民军女战士及平壤市妇女代表向中国人民志愿军返国部队的代表们献花，大会在朝、中两国国歌声中开始。

宴会开始时，崔庸健致辞说：

中国人民志愿军高举抗美援朝的旗帜，和朝鲜人民同甘苦，共生死，打败了美国武装侵略者，对于保卫亚洲和平的事业作出了极大的贡献。

中国人民志愿军建立了不朽的功绩，树立了无产阶级国际主义的典范，将永远活在我国人民的生活和记忆中，流传于我们子孙万代。

我们两国人民间的友谊团结是不可战胜的伟大力量。朝鲜人民将更进一步加强与中国人民、中国人民志愿军的友谊团结，为了巩固朝鲜停战的胜利，保卫我们人民和平劳动的成果，以高度的警惕，坚守自己的岗位。美帝国主义和李承晚匪帮的任何阴谋都必将被彻底粉碎。

中国人民志愿军参谋长王蕴瑞致辞，他代表中国人民志愿军和这次返国的部队，对朝鲜党、政、军、民的亲切招待和欢送表示感谢。他说：

我志愿军为抗美援朝出国作战 8 年多以来，同我们亲密的战友，英雄的朝鲜人民和朝鲜人民军并肩作战，打败了美国武装侵略者，取得了朝鲜停战的胜利。

英雄的朝鲜人民给予我军大力的支援和亲切的关怀，这鼓舞了我军全体指挥员、战斗员，保证了我军在战斗中取得胜利。

我志愿军和即将返国的部队将永远不忘这种深厚的战斗友谊，并将进一步巩固和发扬与

开始撤军

055

英雄的朝鲜人民、朝鲜人民军之间的友谊团结，为巩固朝鲜停战的胜利，彻底粉碎侵略者的任何阴谋和挑衅行为，为争取和平解决朝鲜问题而奋斗不懈。

席间，宾主频频为朝、中两国人民的友谊，为朝鲜人民领袖金日成和中国人民领袖毛泽东的健康干杯，宴会在热烈友好的气氛中进行。

临行前，中国人民志愿军向朝鲜政府和人民告别，感谢他们对志愿军的爱护和支援。拜访慰问著名的支前模范和为帮助志愿军而光荣牺牲的烈士家属，并赠送纪念品。

第十九兵团副司令员张天云等，由朝鲜副首相金一陪同走上欢送大会主席台，朝鲜劳动党平壤市委员会委员长郭松云代表平壤人民向志愿军献旗、献礼，金日成的女儿金敬姬向志愿军献了银杯。在志愿军所乘列车经过定州郡时，有上万人欢送。

离开鸭绿江边境城市新义州时，6万市民依依不舍地送别。

志愿军政委王平在他的回忆录中，特别提到全力救护志愿军伤员的咸在福老大娘送别志愿军的动人情景：

咸老大娘住地离我归国部队乘车的车站有200多里路，要翻越两座大山，趟过一条大河。

但是，为了欢送志愿军亲人，这些障碍也算不了什么。她赶到车站送别时，车站广场上已挤满了欢送的人群，她挤在人群里紧紧拉着我军战士的手，眼里不由自主地淌下了热泪。她原是一位刚强的从不流泪的人，在残酷的战争时期，唯一的儿子参军时，她都没有掉过泪。咸老大娘的丈夫被敌人抓捕去，说他是劳动党员被活埋，她以劳动党员妻子的罪名被囚禁，就在这时志愿军赶到救出了她。

她从此全力投入支援我军的工作中，不顾生命危险和困难看护我军伤员，为我军洗涤了1000多套沾满血污的军装，并把重伤员全包下来，背到家里尽心照料。咸老大娘的房子被炸为灰烬，经她救护过的我军伤员们又给她盖起新房，她和我军战士同生死共患难结下了深厚感情。所以，她听说志愿军要走，无论如何也要来送行。像这样的事例真是说都说不完。

春风吹绿了三八线上的连绵山岭，金达莱花吐出了鲜艳的蓓蕾。在朝鲜停战后的第5个春天里，中国人民志愿军首批归国部队的官兵们怀着胜利的喜悦，乘着和平列车归国。

志愿军满载着朝鲜人民的友谊凯旋。

开始撤军

4月25日,中国人民志愿军总部发表撤军公报:

　　从3月15日到4月25日,中国人民志愿军第一批7个师8万人,已经全部撤出朝鲜返回祖国。

撤军前为朝鲜民众做好事

1958 年 6 月 10 日，中国人民志愿军总部根据首批撤军经验，颁发了《撤军政治工作三十条》，对部队撤军中的各项政治工作作了具体规定：

> 志愿军各部队把保证向朝鲜人民军顺利移交防务作为撤军政治工作的任务，开展深入细致的思想工作和组织工作。

> 移交防务前，各部队都认真整修、加固坑道、战壕、掩体和其他各种工事，重新研究敌情、修订作战方案、整理战斗文书，清点物资装备、粉刷营房、整修营区和花草树木，布置俱乐部、扎好彩门、建立友谊亭、张贴欢迎人民军接防的标语。

> 向朝鲜人民军交接防务时，各部队都隆重欢迎、热情接待，保证把全部营房营具、物资器材、弹药装备和医院设备、文化器材等，全部无偿地移交。

> 同时，发动志愿军官兵为接防的朝鲜人民军官兵赠送纪念物品，写慰问信、感谢信，加深中朝人民军队用鲜血凝成的战斗友谊。掀起

开始撤军

爱民助民新高潮。从准备撤军之日起，志愿军各部队都开展更大规模的爱护和帮助朝鲜人民的活动。

在这种思想指导下，第二批归国部队广大官兵在"多流一把汗，多留一分友谊"的口号鼓舞下，根据驻地政府和群众的需要，帮助挖渠、修堤、筑坝、打井、盖房、修桥、筑路、植树等，尽一切可能为朝鲜人民的生产建设作贡献。

为了"把友谊留在千家万户"，在志愿军全军掀起了帮助朝鲜人民生产、植树、修渠、筑坝、铺路、盖房和为驻地人民打扫庭院、修理农具等劳动高潮，有的到临行前夕也不停工。

当地群众需要什么部队就做什么，积极主动地为朝鲜人民的社会主义建设增砖添瓦。

在突击性助民劳动中，干部带头，人人动手，个个争先，不到时间早上工，到了时间不收工，脏活累活抢着干，不用指挥打冲锋。

此外，志愿军战士提出为朝鲜人民盖学校、修水利出百万个工的倡议，由于部队热情高、干劲儿大，到9月底就出工160万个以上，超额完成了任务。

与此同时，归国部队广泛开展了向朝鲜人民和朝鲜人民军学习的活动，通过访问、参观、座谈及邀请朝鲜地方党政机关负责人作报告等方式，学习朝鲜人民勤劳勇敢、艰苦朴素的优良品德和建设社会主义的干劲儿，学习朝鲜人民为重建家园而忘我劳动的革命精神，学习朝鲜人民勤劳检仆、艰苦奋斗的优良作风。

普遍进行群众纪律检查，诚恳听取驻地朝鲜政府机关和群众的意见，做到借物还物，损物赔偿。各部队还邀请驻地朝鲜党政机关负责人和居民座谈，征求意见，做到事事有着落，不留一个影响我军声誉的问题。

各部队根据总部的规定，把营房、营具、医院成套设备和大量物资，都无偿地移交给朝鲜人民军。移交前普遍粉刷了营房，对门窗和各种营具，进行了修理。并美化环境，平整操场，维修体育器材，整修营区周围的道路，加种了许多花草树木，有些单位还新修了花园、花坛、养鱼池和友谊亭，精心布置了礼堂和俱乐部，使人民军一进来就有一种清新舒适的感觉，能够马上进行办公、操课、训练等开展各种活动。

部队的各种仓库，进行了认真的清点和物资整理，反复核对，登记造册，完整无损地作了交接。各单位饲养的猪、羊、鸡、鸭，自种的粮食蔬菜，节约的煤炭等，全部赠送给接防的人民军和当地群众。

6月26日，平壤市各界人民为第二批归国部队举行盛大的欢送会，金日成等朝鲜党政领导人和各界人民1000多人，志愿军第二批归国部队代表500多人参加了大会。

1958年7月1日，朝鲜中央代表团在平壤举行了欢

开始撤军

061

送我军第二批队伍撤出朝鲜的大会。同日，金日成在为欢送这批离朝部队举行的宴会上讲话。

金日成说：

> 由光荣的中国共产党和毛主席培育下的你们，是真正的人民的军队。你们建立的功勋，将和我国美丽的江山一起，永远放射着光芒。你们同朝鲜人民结成的友谊，将永远留在朝鲜人民子子孙孙的心中。

撤离前，朝鲜内务省代表团和朝鲜人民军两个代表团，分别到部队驻地展开送别活动。在举行的告别大会上，战士们把自己亲手制作的铁耙、铁锹、锄头、镰刀等 52 种 817 件礼物赠给了两个农业社的社员。部队愉快回国接受新的任务。

各部队都反复强调在撤军途中要遵守纪律，注重安全，顺利回国。

曾经参加抗美援朝的志愿军战士张文元在回忆录中写道：

> 按照志愿军总部安排，我所在的志愿军后勤第五分部领导机关及其所属部队，将于 8 月 10 日撤离朝鲜。
>
> 撤军前的几个月，我们除了坚持正常的执

勤工作外，大部分时间用来为朝鲜人民做好事。我们通信连官兵为当地农民修了一条近 3 公里长的水渠，使 200 多亩旱地变成水浇地。警卫连官兵为驻地修复了被美帝国主义飞机炸倒的电影院。

撤军前夕，我们又将营房粉刷一新，办公室、俱乐部和操场上的各种体育器材，都布置得如同我们在时一个样。希望朝鲜人民军接防后，就像回到自己连队一样。

8 月 1 日后，几乎每天都有当地工厂、农村、学校邀请我们去参加他们的联欢会、座谈会等活动，在一起畅谈友情。

8 月 9 日晚，安州郡人民委员会，在部队大礼堂前的广场上，举行隆重的欢送大会。会后，志愿军官兵与朝鲜军民还举行了各种联欢活动，晚会持续到 8 月 10 日 3 时才结束。

部队驻地距离火车站有 10 多公里的路程。5 时，当志愿军官兵冒雨向火车站进发时，3000 多名朝鲜群众在大道两旁排起一公里多长的欢送队伍。

他们将官兵们的背包背上，挽着我们的手臂，一道前进。口号声、歌声此起彼伏，一直将我们送到安州火车站。

在火车站，平安南道人民委员会又为我们

开始撤军

举行了隆重、盛大的欢送大会，会后4000多名群众和志愿军官兵跳起了朝鲜民间舞蹈和中国的秧歌舞。

10时，我们开始登上列车，热情的群众硬是将我们一个个抬着送上车厢。当汽笛长鸣、列车徐徐开动时，千百条彩色纸带连接着车上的志愿军和站台上的群众，他们随着列车拉着、跑着……许多志愿军官兵和朝鲜人民依依惜别，流下了激动的热泪。

这支在抗美援朝战争中建立了卓越功勋的志愿军后勤部队，当天下午回到祖国边城安东，即现在的丹东，受到祖国人民热烈欢迎。如今，半个世纪过去了，我们这些当年曾参加过抗美援朝的老兵，还常常怀念那些在战斗中支援我们、和平时期关心我们的朝鲜父老兄弟姐妹们。愿中朝两国人民用鲜血凝成的友谊像鸭绿江水一样，长流不息！

士兵们的胸前挂满勋章、奖章和纪念章，手里握着朝鲜人民赠送的鲜花。朝鲜的一山一水、一草一木，都使得志愿军士兵们深深依恋。

他们在军衣口袋里装着三八线上的石子，在手帕里包着临津江畔的泥土。

一名高射机枪手把两株金达莱花根，绑在一块生了锈的炸弹片上。

他说："我要把它作为献给祖国人民的礼物，让美丽的金达莱花开遍中朝两国的土地，永远纪念我们和朝鲜人民的深厚友情。"

撤军前夕，守卫在上甘岭的中国人民志愿军部队，隆重举行了向上甘岭英雄阵地告别的仪式。

这一天，春雨刚停，风和日丽。上甘岭部队官兵致告别词说：

> 在上甘岭阵地上，洒下了中朝两国优秀儿女的鲜血，战斗英雄黄继光和支前模范朴在根就是一起在这里献出生命的。今后我们仍以上甘岭战斗中的英雄为榜样，永远忠于和平事业，永远做最可爱的人。

他们从英雄阵地上捡拾了许多纪念品准备带回祖国。

在一个坑道附近的溪水边上，志愿军士兵们找到了两个水桶，其中一个有80多个子弹窟窿。

在当年的战斗中，冒着敌人火力封锁从坑道里出来抢水的一些士兵，在这条溪水边上流尽了鲜血。

为了纪念这些烈士，志愿军士兵用瓶子装满清澈的溪水，带回祖国。

在另一条坑道中，士兵们拾到了打坑道用的边沿已打得卷起来的废铁锤，用罐头盒子做的提灯，以及一根

开始撤军

奇特的旱烟筒：烟锅是用半截手枪弹壳做的，烟杆是用半根竹筷子做的，当年坚守坑道的官兵们就用它抽完烟叶抽树叶。

士兵们还拾到了一些在支援志愿军作战时不幸牺牲的朝鲜人民的遗物。

在官兵们拾到的纪念品中，有两颗奇怪的炮弹：一颗从侧面穿入了另一颗的腰际，这是在密集的炮火轰击中，敌我双方的两颗炮弹在天空中碰到一起了，可见当时战斗是何等激烈。

纪念品中最多的却是标志美军惨败的物品，其中有被打穿了几十个子弹窟窿的美国钢盔，有被密密的弹孔撕成碎片的美国尼龙避弹衣，还有从被打坏的美国坦克和被击落的美国飞机上拆下来的零件。

有些士兵爬上黄继光烈士舍身堵枪眼的地堡，拾了一些被炸碎的石片和木头，几年来，这个地堡上没有长青草，今年却长出了三撮小草，士兵们将这些小草挖起来带回祖国种植。

中国人民志愿军代表团即将离别开城了，登车前夕，他们登上雄踞在三八线上的松岳山之顶，最后一次观赏了开城全景和远眺板门店，志愿军代表团团长任荣感慨万千。

他1950年入朝作战，任志愿军前线指挥部副政委、志愿军政治部组织部部长、志愿军政治部副主任。在抗美援朝战争中，参加了所有的战役和板门店军事停战谈判。他意味深长地说：

美国和李承晚在这里发动了战争，我们志愿军同朝鲜人民和人民军一起，打败了敌人，维护了和平。今天我们在这里栽的树就是和平之树，友谊之树，希望它能很快长大、茂盛。

守卫着这个前哨的人民军军官尹永景上校说：

请志愿军每个同志都放心吧！我们一定能够坚决地守卫住志愿军以鲜血和生命换来的阵地，坚决保卫着东方的和平前哨。

8月14日，中国人民志愿军总部发表撤军公报：

从7月11日到8月14日，中国人民志愿军第二批6个师及特种兵部队共10万人，已经全部撤出朝鲜返回祖国。

开始撤军

志愿军完成第三批撤军

1958 年 9 月 25 日，中国人民志愿军第三批归国部队开始撤离。这次撤军有第一军三个师、后勤部队、炮兵部队和总部直属队。

9 月 12 日，朝鲜最高人民会议常任委员会委员长崔庸健欢送志愿军这一批归国部队的先头部队，并在隆重的欢送大会上作了亲切讲话。

9 月底，中国全国人大常委会副委员长郭沫若率领的中国人民代表团，应朝鲜政府的邀请，到朝鲜参加朝方举行的"朝中友好月"活动。

10 月，朝鲜党政军民欢送志愿军归国的活动达到高潮，朝鲜 685 万多人民在致中国人民志愿军官兵和中国人民的感谢信上签了名。

信中写道：

朝鲜人民同反对朝中两国人民的共同敌人——美帝国主义侵略者的正义斗争中，建立了不朽功勋的中国人民志愿军官兵告别。

当送别在硝烟弹雨中生死与共的中国人民志愿军官兵的时候，我们情不自禁地对中国人民志愿军官兵和兄弟般的中国人民表示最大的感谢。

在朝鲜人民面临着最艰苦的考验的时候，中国人民就派遣了由自己的宝贵儿女组成的中国人民志愿军，以鲜血援助了我们。

硝烟已经消散的我国的山峰和平原，城市和村庄，无名小河和树木都记载着中国人民志愿军官兵同朝鲜人民军官兵一道，为守卫每一寸土地进行战斗而建立的功勋，无论是什么地方，都像传奇一样流传着关于中国人民志愿军官兵的高贵道德品质的各种故事。

这将同流在两国边境上的鸭绿江水一起长流不息；上甘岭的峰峦将作为一个铭刻着和平战士辉煌的功勋的纪念塔而世世代代耸立在那里。

志愿军也写了全体官兵签名的致朝鲜人民的告别信。信中写道：

中国人民志愿军受 6 亿中国人民的托付，在朝鲜为和平和社会主义事业尽了一份力量。

如果说，我们在抗美援朝、保家卫国的斗争中取得了一些成绩的话，那么，这是同朝鲜人民的全力支援，同朝鲜人民对我们子弟般的热爱和关怀分不开的。这种珍贵的国际主义友

开始撤军

谊，正是志愿军取得胜利和成就的重要因素。光荣属于英雄的朝鲜人民！

亲爱的朝鲜党和国家的领导同志们，亲爱的朝鲜父老兄弟姐妹们，我们就要同你们分别了，但是我们的心永远不会离开你们。

金日成对我们的亲切勉励，共和国政府给予我们的崇高的荣誉，千千万万志愿军妈妈和父老兄弟姐妹们对我们的热爱，以及亲爱的人民军战友坚守在东方和平前哨的雄姿，是如此深刻地印在我们心中，这一切，我们将连同朝鲜人民的友谊塞在我们的心窝里。

从共同战斗过的阵地上拾起来的带弹片的泥土，连同朝鲜农业社员们装在我们水壶里的，从那共同抢修起来的水库里汲上来的清澈的泉水，连同朝鲜矿工们送来的，那从战争时期一起生活过的矿井里新挖出来的灿烂的矿石，连同朝鲜老大娘戴在我们手上古老的戒指，连同朝鲜小姑娘系在我们颈上的鲜艳的红领巾，连同一切表示着永志不忘的友谊的礼品，一起带给鸭绿江那边的 6 亿祖国人民，传给我们的子孙后代！

几天来，志愿军总部驻地周围的每一条山谷、每一户住宅、每一个广场都洋溢着依依惜别的友情。

志愿军上自司令员下至士兵，都挨家逐户告别朝鲜的房东和居民，文工团日夜为居民进行告别演出。当地朝鲜人民一次又一次地邀请志愿军官兵联欢，把各种珍贵的礼物送到营房里。

　　10月16日，双方的交接工作胜利结束，欢送志愿军的朝鲜人民军代表团在金光侠大将的率领下来到桧仓，欢送志愿军总部的同志们。

　　下午，人民军代表团举行隆重的欢送大会。杨勇从金光侠手中接过朝鲜人民军赠送的国产冲锋枪后，代表我志愿军总部表示衷心感谢，并向人民军回赠了锦旗和纪念品。

　　10月17日，杨勇和金光侠分别代表中国人民志愿军总部和朝鲜民主主义人民共和国民族保卫省签署联合公报，双方交接工作顺利完成。

　　同日，志愿军总部和直属部队隆重举行告别大会，向桧仓的朝鲜人民告别。

　　10月18日上午，中国人民志愿军司令员杨勇、政治委员王平等在中国人民志愿军向朝鲜人民告别信上签了名。

　　至此，志愿军全体官兵都在这封信上签了名。

　　这封告别信已经装订成册。首页有志愿军前司令员彭德怀的亲笔题词：

　　中国人民志愿军向朝鲜人民告别信。

开始撤军

071

10 月 18 日下午，10 多个朝鲜少年喜气洋洋地跑进杨勇和王平的办公室，送别将军叔叔。孩子们把自己的红领巾系在杨勇和王平的脖子上，把校徽、少年团团徽赠给将军们。

11 岁的男孩子李淳泽悲愤地向将军们诉说了美军杀害他父亲的经过。

他说，志愿军叔叔打败了美军，替我报了仇，我永远也忘不了志愿军叔叔。

杨勇亲吻了他，拉着小淳泽的手，亲切地说："好孩子，叔叔也忘不了你们。你们要努力学习，长大了好好地建设自己的祖国。"

杨勇刚刚送走小朋友，又见驻地附近的韩致沁等几位老人匆匆走来，杨勇立即迎了上去："大爷，您有事吗?"

"听说你们快走了，心里惦记着，就来看看你们。"

"谢谢您，大爷。请到屋里坐吧。"

"不了。你忙，别误了你的事。你若有空，我们想请你和王政委到家里坐坐。"

"行! 今晚就去。"

杨勇爽快地答应了。

黄昏时分，杨勇、王平在夕阳的余晖中向农家走去。几十位朝鲜乡亲早已站在门口等着，见到志愿军首长，他们一下拥上来。进屋后，杨勇、王平和老人、妇女一起围坐在热炕上，一边饮酒一边畅谈，比一家人还亲。

61 岁的韩致沁对将军们说："司令员、政治委员来我们家里做客，我们感到无上光荣。"

杨勇放声大笑说："你们请我们到家里来做客，这是给我们的很大的荣誉。"

王平接着说："我们今天这样在一起吃饭，正是中朝如一家的表现。"

杨勇、王平等在告辞时，亲手给主人们胸前挂上了"和平万岁"纪念章，让大家永记中朝人民的友谊和这个难忘的夜晚。官兵们一次又一次地跑到彭德怀当年住过和指挥过作战的坑道和掩蔽部里来瞻仰和告别。

掩蔽部是一个山洞，门口镶着一块长方形的汉白玉，上面刻着：

在中朝两国人民反抗共同敌人美国侵略者的战争时期，中国人民志愿军司令员彭德怀曾在此指挥作战。

10 月 21 日，中国人民志愿军总部官兵来到中国人民志愿军烈士陵园，向长眠在朝鲜国土上的烈士们，进行最后一次悼念和告别。

陪同志愿军向烈士告别的当地朝鲜党政领导人和群众，按照朝鲜最虔诚的民族祭奠仪式，在烈士墓前祭酒致敬。

　　杨勇带领志愿军总部的官兵到中国人民志愿军烈士陵园，向长眠在朝鲜土地上的烈士们作最后的告别。

　　毛泽东的儿子毛岸英的墓安放在志愿军总部的山包上。

　　1956年，崔庸健来到志愿军总部，杨勇和他一起到毛岸英的墓前扫墓。墓前放一个酒杯，杨勇举杯提议，为毛岸英干杯。

　　这里是杨勇来得最多的地方，每次国内慰问团来，杨勇都要把他们带到这里，在毛岸英的墓前向他们介绍毛泽东的指示：

　　　　我的儿子应该像所有的志愿军烈士一样，
　　不要把他运回国内。

　　每每说到这里，慰问团的演员都要泪流满面。

　　有一段时间，杨勇5岁的小儿子北北在朝鲜，杨勇经常领着他给烈士扫墓。后来，北北还清楚地记得父亲指给他看的毛岸英的墓。

　　志愿军临走时，守墓老人李守昌表示：

　　　　请你们转告烈士们的父母妻儿，他们的亲人为了我们朝鲜献出了宝贵生命，只要朝鲜人民在，烈士们的坟墓也同在。

10 月 22 日上午，杨勇、王平率领志愿军总部的官兵从驻地起程。

10 月 23 日上午，杨勇和志愿军总部的官兵们到达平壤车站的时候，受到数千名朝鲜人民的热烈欢迎。国际主义烈士罗盛教营救的崔莹的母亲，把自己亲手织成的绸缎送给杨勇，请他转给罗盛教的母亲。

金口成会见了杨勇、王平等志愿军总部的将军们。

金日成热烈地拥抱着杨勇，他说：

> 你们为和平而来，现在又为和平而去。从个人的感情来说，我真舍不得让你们走。你们为世界和平，尤其为维护朝鲜人民正义事业所进行的斗争而建立的不朽功勋，我们永远不会忘记。

杨勇说：

> 您和朝鲜人民对志愿军的关怀和爱护，以及朝鲜人民的深情厚谊，同样使我们永远不会忘记。在向您辞别的时候，请接受志愿军全体官兵对您和朝鲜人民的真挚谢意。

"应该接受感谢的首先是你们，亲爱的志愿军同志。"金日成深沉地说，

开始撤军

8 年来，你们用鲜血和汗水援助了我们的国家。在朝鲜的每一座山，每一棵树，每一条河流，都浸透着你们无私的鲜血，布满着你们英勇斗争的业绩。

中国人民志愿军在我国所建立的丰功伟绩，将同朝鲜美丽的山河一样万古长青。

中国人民志愿军把朝鲜人民的痛苦当作自己的痛苦，把朝鲜人民的幸福当作自己的幸福的高尚品质和自我牺牲精神，将永久地感动着朝鲜人民。

讲到这里，金日成有些激动，他再次握住杨勇的手：

请向志愿军全体同志和中国人民转达我们的感谢！

回国后，请代我向中国人民的伟大领袖毛泽东同志问好。向周恩来、朱德、彭德怀、陈毅同志问好。

杨勇说："一定，一定转达。"

10 月 24 日上午，平壤市各界举行隆重的欢送志愿军归国大会，平壤市各界在国立艺术剧场隆重集会，金日成陪同杨勇和王平登上主席台，全场响起经久不息的掌声，高奏两国国歌。

朝鲜劳动党中央委员会副委员长朴正爱把 685 万朝鲜人民的签名册交给杨勇，那是 10 月初，朝鲜人民历时 4 个月完成的全民性签名活动。

志愿军领导人将全体志愿军指战员签名的《中国人民志愿军告别信》交给朝鲜最高人民会议常任委员会委员长崔庸健。这是两件充满深情、标志着中朝伟大友谊的珍贵信册。

朝鲜最高人民会议常任委员会在平壤举行隆重的授勋仪式，授予中国人民志愿军司令员杨勇、政治委员王平朝鲜民主主义人民共和国最高勋章，一级国旗勋章。

崔庸健委员长亲手为杨勇戴上了国旗勋章，他说：

> 朝鲜人民高度赞扬你们在保卫朝鲜人民的自由、独立和东方的斗争中树立的光辉的伟勋，并授予你们最高勋章，这是朝鲜人民对你们的尊重和热爱。

中国人民志愿军司令员杨勇发表讲话说：

> 明天是 10 月 25 日，正是志愿军 8 年前出国参战的日子，我们从出国到回国，在朝鲜整整度过了 8 年时间。
> 这 8 年，是中朝人民的传统友谊在鲜血和

开始撤军

汗水的灌溉中空前巩固发展起来的 8 年，是英雄的朝鲜人民用自己的双手从废墟中重建起更雄伟更美丽家园的 8 年。

同时，这 8 年也是全世界范围内东风压倒西风的 8 年。我们坚信，无论是武打还是文打，帝国主义终究是死路一条，我们正义的事业必然胜利。我国的台澎金马必定会重归祖国的怀抱，历史巨人会给我们来作证的。

志愿军举行了盛大的告别宴会后，金日成坚持要用盛大的国宴欢送。

杨勇在宴会上致辞：

中国人民在抗美援朝战争中早已有切身的体会，美帝国主义不过是一只纸老虎。侵略成性的美帝国主义，不仅至今没有从南朝鲜撤走，反而又进一步在台湾海峡地区疯狂地向我国人民进行军事挑衅和战争威胁。如果美帝国主义敢于把战争强加到我们头上，那么，比在朝鲜战场上更惨重的失败就将无情地降临在它的头上。

10 月 24 日，是中国人民志愿军留在朝鲜的最后一天。在中国人民志愿军抗美援朝参战 8 周年前夕，金日成特别致电毛泽东，对中国人民志愿军将士表示亲切问候和衷心感谢。

当晚，金日成举行盛大国宴，欢送即将离别的中国人民志愿军总部官兵，志愿军总部代表450多人应邀出席了宴会。

1958年10月25日，平壤雨后初晴，在灿烂的秋阳照射下，全城到处飘扬着中朝两国国旗。

在宏伟的平壤车站大楼上，高悬着金日成和毛泽东的画像，大楼两旁悬挂着用中朝两国文字写的巨幅标语：

英雄的中国人民志愿军官兵们建立的伟大功勋，在我们祖国历史上永放光芒。

金日成等党和政府的领导人和平壤30万人亲自到车站欢送。

10时，中国人民志愿军总部官兵在金日成广场整队出发。他们服装整齐，军容威武，人人都佩戴着各种勋章、奖章，迈开雄健的步伐，前往车站。

能歌善舞的朝鲜人民和志愿军官兵伴随着欢快优美的乐曲翩翩起舞。佩戴着上将军衔的杨勇在如潮的人海中引人注目。热情的朝鲜民众，一会儿这个请他跳舞，一会儿那个过来献花，杨勇理解此刻朝鲜人民的心情，把群众对自己的尊重看作是对中国人民和志愿军战士的爱戴，所以他总是热情地答应。

开始撤军

在志愿军步行经过的约两公里长的街道两旁，站满了热情欢呼的群众。他们手执鲜花、彩旗和千万条彩色的纸带，把整个街道变成了一条彩色的河流。

欢送群众在志愿军身上撒下的彩色纸屑，有如五彩的花雨。志愿军官兵们就踏着这条鲜花的道路走上凯旋的路程。

志愿军官兵用了4个多小时才告别10公里长的送行人群："再见了，亲爱的乡亲们！"

"再见了，敬爱的志愿军！"那感人的离别场面，使置身其中的每一个人都热泪盈眶，就连摄影师也被感动得流泪，以致无法完完全全地拍下这动人的情景。

彩旗飘扬的平壤迎接着志愿军官兵，热情的平壤人民恭候着最可爱的人。志愿军的队伍用了整整一个钟头才穿过热情的群众行列，到达车站前广场。

杨勇和王平成了明星人物，无论他们走到什么地方，总会被热情的朝鲜人民团团围住。

朝鲜老人姜金石跋涉数千里，翻了好多座山找到4棵野山参，他把最大的一棵野山参送给杨勇，祝他健康长寿。

金日成等党政领导人全部来到车站，在车站广场，金日成陪同杨勇检阅了朝鲜人民军仪仗队。接着，杨勇向广场上30万平壤人民告别。

他含着热泪说：

中国人民志愿军全部撤出朝鲜的最后一次列车就要起程了，我们怀着无限留恋的心情，向敬爱的首相告别！向朝鲜劳动党、共和国政府领导同志告别！向亲密的战友人民军告别！向英雄的朝鲜人民告别！我们在朝鲜美丽的国土上，同英雄的朝鲜人民一起战斗，一起生活了整整8年，在这分别的时刻，千言万语也难表达我们此刻的心情。

我代表中国人民志愿军全体官兵，再一次向兄弟般的朝鲜人民致以最崇高的敬意和最深切的感谢！感谢朝鲜人民8年来对我们无微不至的关怀，感谢朝鲜人民给予我们的崇高荣誉和如此热情的欢送……

最后一列志愿军列车在"雄赳赳，气昂昂……"的歌声中缓缓启动了。

车上的，车下的，在场的人全哭了，摄影记者也无一例外地哭了，抱着照相机却拍不下来。幸亏架在三脚架上的电影摄影机拍下了很多生动的镜头。

后来，毛泽东在中南海接见志愿军归国代表团时说，你们离开平壤的激动场面我从纪录片中看到了，你们模范地执行了朝鲜停战后的各项政策，你们实现了爱护朝鲜一草一木的中央指示。

杨勇秘书王韶华后来回忆说：

开始撤军

朝鲜 30 公里一个车站，站站欢送，从驻地一直到鸭绿江边。

登车时间到了，车站上奏起"中国人民志愿军战歌"。

杨勇、王平和志愿军的将军们同金日成等朝鲜国家领导人热烈握手告别。

10 月 26 日，中国人民志愿军总部第三次发表撤军公报：

中国人民志愿军第三批部队：志愿军总部、3 个师和后勤保障部队共 7 万人，于 9 月 25 日至 10 月 26 日返回祖国。至此，中国人民志愿军已全部撤离朝鲜。留在朝鲜军事停战委员会内的中国人民志愿军代表，仍将同朝鲜人民军代表一道，继续执行监督朝鲜停战协定实施的任务。

在鸭绿江这边，祖国亲人也以极大的热情迎接着这些"最可爱的人"。

三、 三军凯旋

● 前门车站红旗招展，下午，志愿军代表团将乘专车到达这里。一大早，车站的工作人员就忙碌起来，他们把车站打扫得干干净净。

● 周恩来紧握着杨勇的手，深情地说："我代表党中央和毛主席，代表政府和全国人民，最热烈地欢迎你们，凯旋的英雄！"

● 毛泽东的目光掠过每位英雄的面孔，他的胸中奔腾着多少感慨与激情。

欢迎志愿军凯旋

1958 年 3 月 16 日这天，安东阳春三月，风和日丽，全市张灯结彩，高挂国旗。从鸭绿江到安东车站，到处都是欢迎标语。在一座面对鸭绿江的高大建筑物上，写着远离数公里都能看得见的两个大字：

欢迎

2300 多人身着节日服装，打着欢迎横幅，手持国旗、彩旗、花束，带着铜管乐、打击乐和歌舞节目，等候在鸭绿江桥头和车站月台上，翘首向桥头张望。

中午时分，分乘两列车的志愿军载誉而归，机车前头挂着毛泽东和金日成画像以及带有和平鸽的志愿军纪念章，车旁挂着标语：

祖国的儿女回来了！

人们沸腾起来，锣鼓声、鞭炮声、口号声响彻云霄。

列车刚停稳，240 个少先队员举着鲜花，跑进车厢，高喊："志愿军叔叔好！"向志愿军归国代表队行礼、献花、致意。

中国人民欢迎志愿军归国代表团团长陈叔通、副团长王维舟、邵力子、高崇民、李浊尘等与志愿军首批归国部队负责人张天云等亲切握手与拥抱。人人都喜笑颜开，激动得个个热泪盈眶。

被朝鲜人民称呼为"活罗盛教"的黄治富等志愿军战士请中国人民欢迎志愿军归国代表团团员许广平签字，许广平把黄治富拥抱起来，又把一个归国战士送给她的红领巾，系在黄治富的脖子上。

13时，在站前广场举行1.3万人的欢迎大会。

当代表团全体人员陪同首批归国志愿军部队负责人张天云、王明昆、谢福林走上主席台时，全场再一次响起雷鸣般的掌声。

大会在中朝两国国歌声中开始。代表团团长、中国人民抗美援朝总会副主席陈叔通致欢迎词。他代表中国共产党、各人民团体、各民主党派和全国人民向劳苦功高的志愿军英雄们表示热烈的欢迎，并致以亲切的慰问。

朝鲜驻我国大使馆临时代办文在洙也在会上讲了话。他代表大使馆向志愿军归国部队和安东市人民转达朝鲜人民深切的谢意。

志愿军首批归国部队首长张天云在致答词中说：

当我们的火车驰过鸭绿江桥、踏上抚育和培养我们的国土时，我们的心情是无限的兴奋。志愿军从入朝参战的第一天起，就一直努力争取朝鲜问题的和平解决，在朝鲜停战后，志愿军已经先后三次主动地从朝鲜撤回了19个师。这次，在中朝两国政府发表了联合声明后，志愿军又从朝鲜开始撤出自己的部队，这就再一次向全世界证明了志愿军抗美援朝完全是正义的行动。

他还代表全体官兵表示：

祖国需要我们到哪里，我们就到哪里；祖国需要我们去做什么，我们就去做什么。保持祖国人民所给予我们的"最可爱的人"的光荣称号。

在大会结束前，志愿军的代表，向中国人民欢迎志愿军归国代表团献礼。4名官兵代表把采自英雄阵地马良山、丁字山、老秃山上的金达莱花、石头、黑土和美国侵略军轰炸朝鲜和平村庄的炸弹皮，送给代表团作为纪念。

张天云中将把一柄朝鲜古剑，佩带在陈叔通团长的身上。这柄古剑是平壤一位朝鲜老人的传家之宝，在这次志愿军离别朝鲜的时候，这位朝鲜老人特地送给了张天云。

大会结束后，在安东旅社举行盛大酒会。在文化宫、铁路文化宫和人民艺术剧场举行欢迎晚会。当天晚上，首批归国志愿军和欢送群众握别乘车北上。

1958 年 7 月 11 日，安东人民在站前广场召开 8000 人大会，欢迎第二批归国志愿军，当时，安东市各主要街道上，悬灯结彩，高挂起无数幅"庆祝抗美援朝斗争的伟大胜利"、"欢迎中国人民志愿军光荣归国"的大字过道标语，整个街道呈现出一片节日景象。矗立在鸭绿江桥头的高大的凯旋门，又粉刷一新。

安东车站站台上，已经设立了食品、日用品、图书杂志零售台，并为"最可爱的人"专设了游艺站，在站台上还出刊了欢迎壁报，设立了生产成就报捷台，张贴了许多欢迎标语。

设在安东车站内的欢迎志愿军归国工作办公室，不断地接到各单位要求到站台欢迎"最可爱的人"的电话。

安东丝绸六厂工人许云仲，把工厂改革工具提高生产效率的事迹，编成快板，准备给归国的英雄们进行演出。全市电影院和剧院，也联合组成了一支 150 人文艺大队。

安东铁路职工们，为欢迎志愿军归国，提出了"保证安全、舒适、正点到达"的口号，对机车进行了全面鉴定和严格检查，并组织了服务队，保证归国英雄们上下车安全。职工们根据夏季炎热的特点，在每个客车车厢里安装了电扇。

志愿军代表先后向安东人民赠送战利品和朝鲜人民赠送的友谊礼品 5000 多件，在停留过程中，军民有说不

三军凯旋

完的话，唱不完的歌。

当志愿军准备上车时，站台上掀起欢送热潮，无数的彩纸条把车上亲人和车下欢送队伍连在一起。

10月26日中午，中国人民志愿军最后一支部队回来了，当列车奔上鸭绿江大桥的时候，中国人民志愿军司令员杨勇站在窗口，仔细地俯视着碧波荡漾的江水，杨勇很激动，江岸上传来了祖国亲人的锣鼓声、鞭炮声和欢呼声，王平政委也很激动，他连声说："到祖国了！"

当火车驶进边城安东时，车站上锣鼓喧天，鞭炮齐鸣，彩旗花束挥舞，口号声响彻云霄，各界人民群众热烈欢迎志愿军胜利归来。

战士们一走下火车，就被欢迎的人群拥抱起来，抛向空中，五彩缤纷的七经路长廊，形成了人海、旗海、花海。人们敲锣打鼓，燃放鞭炮，载歌载舞，呼口号，撒纸花，盛况空前。

当志愿军司令员杨勇和政委王平走出车厢时，专程从北京赶来的中国人民欢迎志愿军归国代表团团长廖承志等人走上前去，和他们热烈握手，亲切拥抱。

廖承志陪同他们走出车站，徒步通过高大的彩牌楼，穿过夹道欢迎队伍前往住所。

当晚，中国人民欢迎志愿军归国代表团在安东举行盛大宴会，欢迎中国人民志愿军归来，中国京剧一团在文化宫举行慰问演出。

席间，欢迎代表团团长廖承志，代表团成员康克清、老舍，都来向杨勇等人敬酒。

杨勇充满感情地致辞。他说：

当我们一跨上祖国的土地，看到了亲人们隆重欢迎的行列，听到了亲人们热情的声音，我们就感到了说不出的温暖和欢欣，请让我代表中国人民志愿军全体同志，对亲人们的盛大欢迎表示衷心的感谢。

当我们见到了分别 8 年之久日夜想念的亲人，看到了祖国社会主义建设的宏伟图景，我们的心充满了人间最大的快乐，最大的兴奋，深深感到了作为一个中华儿女的无比光荣！

让我们首先向抚育我们的伟大祖国问好，向引导我们从胜利走向胜利的亲爱的党和毛主席问好。

10 月 27 日早晨，青年广场欢迎大会会场上空升起了 3 条巨幅大气球标语，1.8 万名安东各界人民参加大会。

当杨勇、王平为首的志愿军代表团由欢迎代表团陪同进入会场时，300 名文艺队伍和两个大乐队夹道欢迎，无数气球、和平鸽飞向蓝天，全场一片欢腾。

廖承志在大会上致欢迎词。他说：

我们代表祖国 6.5 亿人民，向我们最可爱

三军凯旋

的人，劳苦功高的中国人民志愿军英雄们，致以最崇高敬意、最热烈欢迎和最亲切的慰问。

杨勇在安东欢迎志愿军归国大会上致答词，他说：

亲爱的廖承志团长和祖国人民代表团全体同志，亲爱的辽宁省和安东市同胞们：

今天，中国人民志愿军总部全体同志，满载着荣誉和友谊，回到了祖国的怀抱。当我们一跨上祖国的土地，看到了亲人们隆重欢迎的队伍，听到了亲人们热情的声音，我们就感到了说不出的温暖和欢欣。请让我代表中国人民志愿军全体同志，对亲人们的盛大欢迎，表示衷心的感谢！

同志们！现在我们已经回到祖国的怀抱了。我们保证：祖国需要我们到哪里去，我们就到哪里去，祖国需要我们做什么，我们就去做什么。在今后保卫和建设祖国社会主义的事业中，像执行抗美援朝任务一样，继续毫无保留地贡献出自己的一切，永远保持祖国人民赠给我们的"最可爱的人"的光荣称号。

最后，根据中央的指示和安排，杨勇和王平率领150人的志愿军代表团和一个200多人的文工团，在廖承志等领导的陪同下，乘车到北京向党中央、毛泽东和全国人民汇报，沿途受到沈阳、锦州、鞍山和天津等市党政军和人民群众的热烈欢迎。

杨勇、王平向金日成发了感谢电，并给《安东日报》题了词：

> 感谢安东人民的热烈欢迎，感谢你们在抗美援朝斗争中给予我们的巨大支援。祝你们在社会主义建设事业中取得更辉煌的成就。

三军凯旋

首都群众欢迎志愿军

中国人民志愿军胜利归来了！

10月28日，首都北京披上了节日的盛装，迎接志愿军代表团的到来。

前门车站红旗招展，一大早，车站的工作人员就忙碌起来，他们把车站打扫得干干净净。下午，志愿军代表团将乘专车到达这里。

在第一月台上，到处插满红旗和彩旗，无数幅巨大的横标，高悬在月台上空，上面写着：

欢迎中国人民志愿军归国！

向中国人民志愿军致敬！

伟大的抗美援朝运动胜利万岁！

反对美帝国主义干涉我国内政！

在车站上，女一中、女三中和育才小学等学校的500名少先队员手捧鲜花，等待着向最可爱的人，中国人民志愿军代表献花。

10月27日，当她们听到最可爱的人归来的消息后，都高兴得跳了起来，一早，她们就打扮得漂漂亮亮。

女一中的少先队员们一律穿着蓝裤子、花毛衣，头发上还系着各种颜色的绸带。她们说，让志愿军叔叔看看我们和平的生活是多么美好，这种生活正是他们的斗争得来的。

许多同学都忙着给志愿军制作礼物，准备赠送。

小同学吴桂英画了一个小民兵，手拿红缨枪，雄赳赳地站着，表示她要学习志愿军的英勇顽强精神。

初二同学汪静和郎可唐搜集了抗美援朝 8 年间，祖国建设的画片，准备送给志愿军。她们说："没有志愿军的抗美援朝保家卫国，祖国的和平建设就会受到帝国主义的威胁，就不会有这些建设的画片。"

和这些少先队员一样，首都人民是永远不会忘记志愿军的功劳的，从排列在街头上夹道欢迎的人群的表情上就可看出这一点。

从前门车站经公安街和东长安街，直到北京饭店这段志愿军下火车所经过的路上，沿途挂满了各色彩旗，天安门城楼像过节一样挂起红色大宫灯。有 10 多万人在这里夹道欢迎。

在这里面有工人、农民、学生、机关干部和街道居民，还有解放军战士和首都民兵。

在这些欢迎志愿军代表团的人群中，还有许多人是志愿军的家属。

10 月 28 日 15 时，杨勇、王平率领志愿军代表团乘坐的列车驶入前门站。

英雄们走下火车后，受到周恩来总理，中共中央政

三军凯旋

治局委员、人大常委会副委员长、北京市长彭真，中共中央政治局委员、国务院副总理陈毅，人大常委会副委员长、中国人民抗美援朝总会主席郭沫若，人大常委会副委员长、民革中央主席李济深，人大常委会副委员长程潜，国防委员会副主席张治中和北京抗美援朝分会主席张奚若，以及朝鲜驻中国大使李永镐等的热烈欢迎。

周恩来亲自打着拍子，陈毅和许多头发斑白的将军及欢迎的人们激动地唱起了志愿军战歌。

列车刚一停下，如潮的人流涌上去和志愿军官兵握手、问候。

周恩来紧握着杨勇的手，深情地说："我代表党中央和毛主席，代表政府和全国人民，最热烈地欢迎你们，凯旋的英雄！"

杨勇激动地说："谢谢总理，感谢祖国人民的盛情。"

用最美好的语言也难以形容出中央各级领导同志同凯旋的英雄们会见时的生动情景。有人在紧紧地同英雄们亲切握手，有人热烈拥抱，有人在大声地叙谈着，许多人抑制不住兴奋的心情而落下眼泪。周恩来兴奋地挽着两个志愿军英雄战士的手臂，同他们一起合影留念。

几百名少年儿童代表首都人民向归国英雄们献了鲜花。

当英雄们在欢乐的乐曲中走出用彩绸和标语装饰起来的月台时，月台上的群众跳跃欢呼，把大批彩色纸片和纸条撒向英雄们。杨勇上将和王平上将含着感激的眼泪，挥舞着鲜花向欢迎群众致意。

走出车站以后，杨勇由彭真和郭沫若陪同，王平由李济深和程潜陪同，分别乘上敞篷汽车，同志愿军代表团和志愿军文艺工作团一起由车站到北京饭店。

在这条漫长的道路两旁，人山人海，到处都是密密麻麻的欢迎群众。在汽车经过的 30 分钟里，这条宽阔的马路上空，鞭炮一直在轰响，烟尘蔽空，各种乐器一直在奏鸣，彩旗如林，彩花飞舞，歌声和口号声连绵不断，响彻云端，英雄们走到哪里，哪里就是欢乐的高潮。

在漫长的道路两旁，有 20 多万人夹道欢迎凯旋的英雄们。

人们挥舞着鲜花和红旗，鸣锣击鼓，燃放鞭炮。

彩色纸片和纸条漫天飞舞，20 多万首都人民不约而同地向英雄们道出了自己内心的共同话语：

欢迎你，最可爱的人！

杨勇站在首辆敞篷汽车上，神采奕奕地向欢迎的群众致意。

从北京车站的月台到北京饭店的大门前，沿街挂满了彩旗、彩带和横幅标语，沿途还搭起了许多标语塔。

在历史悠久的前门箭楼，一个个巨大的红色标语方牌上，写着醒目的金色大字：

三军凯旋

欢迎中国人民志愿军代表团。

在北京饭店，两幅巨大标语从楼顶直贯楼下，长达 13 米多，那上面写着：

向英雄的中国人民志愿军致敬！
伟大的抗美援朝运动胜利万岁！

15 时，首都各界群众在北京体育馆隆重集会，热烈欢迎中国人民志愿军凯旋。

党和国家领导人周恩来、朱德、陈云、彭真、陈毅、郭沫若出席了大会。

当杨勇、王平在党和国家领导人朱德、周恩来、陈云、彭真、陈毅等人簇拥下走进会场时，热情的欢呼声经久不息地震撼着体育馆宽敞的大厅，整个会场沉浸在一片狂热之中，雷鸣般的掌声和口号声持续了 20 多分钟，响彻云霄。

郭沫若和彭真分别致辞和讲话。

郭沫若在致辞中说：

让我们的大会，代表祖国 6.5 亿人民，向祖国的英雄儿女，中国人民志愿军全体指战员，向中国人民志愿军代表团全体同志，表示最热烈的欢迎、最崇高的敬意和最衷心的感谢！

彭真和郭沫若代表全国人民向中国人民志愿军献旗。
巨幅锦旗上写着：

你们打败了敌人，帮助了朋友，保卫了祖
国，拯救了和平。你们的勋名万古存！

三军凯旋

毛泽东接见志愿军代表

10 月 29 日下午，在怀仁堂后花园的草坪上，毛泽东和周恩来、朱德、彭真、陈毅、李富春、薄一波等亲切接见了志愿军代表团。

毛泽东和朱德等中央领导同志进入休息室，看到中国人民志愿军司令员杨勇和政治委员王平的时候，毛泽东兴致勃勃，面带笑容，第一句话就问："都回来了吗？"

杨勇和王平齐声回答："告别了英雄的朝鲜人民，我们全部回到祖国的怀抱了！"

毛泽东高兴地说："好！热烈欢迎你们。"

毛泽东招呼杨勇和王平坐到他的左右，王平简要地向毛泽东报告了朝鲜人民欢送志愿军的情况。

毛泽东说："虚心使人进步，骄傲使人落后，志愿军同志们一定要谦虚谨慎，戒骄戒躁噢！"

随后，毛泽东和中央领导同志走出怀仁堂，接见了志愿军代表团全体同志，并和大家合影留念。

战斗英雄王占山，在抗美援朝的最后一战，即金城反击战争中，当战斗处在最危急的关头时，他把自己身上带的一切东西都烧毁，准备流尽最后一滴血，只从笔记本上取下了一幅油印的毛泽东像，放在手里看了又看，一遍又一遍地说着："有我就有阵地！"

虽然他三次负伤，但仍忍着剧痛，滚着，爬着，带领全排士兵打垮了敌人多次进攻，消灭了敌人 400 多人。现在毛泽东来到了他的身边，握着他的手，极为亲切地问他叫什么名字。

王占山这一刻一句话也想不起来了，这位淳朴的战士只是说："我叫王占山，我叫王占山。"说着说着，他的两眼湿润了！

还有一位"孤胆英雄"赵积华，在朝鲜战场上，赵积华同他的两位战友坚守在马良山的 42 号阵地上，敌人以猛烈的炮火和绝对优势的兵力向他们的阵地攻击，3 名士兵在阵地上展开了立功竞赛，他们一举消灭了敌人 50 多人，打退了美军的猛烈攻击，赵积华的两位战友也在第一个反击中流尽了最后一滴血。

这时，孤守阵地的赵积华从阵地上站立起来，扔出了一批手雷，有人就有阵地在，坚守一分钟就是一分钟的胜利，打死一个敌人就多赚一个，赵积华一面坚守阵地，一面为自己留下最后一个手榴弹，准备随时同敌人同归于尽。就这样，赵积华又打退五次攻击，消灭敌人 60 多人，保住了阵地。最终，带着自己的雄心壮志和两位牺牲的战友的嘱托，实现了"胜利后回北京见毛主席"的愿望。

毛泽东握住了一位青年战士的手，问他叫什么名字，青年战士满脸泛着激动的红光，他说："我叫黄治富。"

这时，杨勇介绍说，就是他被朝鲜人民称为"活的

三军凯旋

罗盛教"，毛泽东含笑点头。

黄治富曾经不顾自己的生命危险，抢救了一位掉进临津江的冰窟中的朝鲜儿童李清焕，严冬里刺骨的江水使得黄治富手脚麻木，身上有好几处被冰块割破流出鲜血，江水几次都淹没了他的头顶，但是，他用尽全力和冰块搏斗，终于把李清焕抢救了出来。

毛泽东的目光掠过每位英雄的面孔，他的胸中奔腾着多少感慨与激情。

当天晚上，全国人大常委会、政协全国委员会、中国人民抗美援朝总会和北京市人民委员会等联合举行宴会，周恩来、朱德、陈毅、郭沫若以及首都各界人民和代表团全体同志欢聚一堂，畅谈抗美援朝的伟大胜利和祖国建设的伟大成就。

周恩来在宴会上说：

> 我们在今天的宴会上之所以如此高兴，如此欢欣鼓舞，这决不是偶然的。这是因为抗美援朝的精神鼓舞了我们。今天1000多人的宴会，代表着全国6.5亿人民的感情。我们要永远学习志愿军的榜样。

10月30日下午，杨勇在全国人大常委会和政协全国委员会常委会联席会议上作了《中国人民志愿军8年抗美援朝工作报告》。

会议通过了《关于中国人民志愿军8年来抗美援朝工作报告的决议》。决议指出:

中国人民志愿军在抗美援朝、保家卫国和拯救和平的崇高事业中所建立的丰功伟绩,将永远与日月争辉。

中国人民志愿军不愧为伟大中国人民的优秀儿女,在抗美援朝的战斗中贡献出宝贵生命的烈士们,永垂不朽!对于朝鲜政府、朝鲜人民军和朝鲜人民8年来给予中国人民志愿军的无微不至的照顾和关怀,表示衷心感谢。

原河南新乡市政协主席、志愿军老战士赵士荣后来回忆说:

那年9月中旬,首长通知我参加回国观礼代表团,并告诉我带一套新的军装和皮鞋,到丹东志愿军招待所报到。在丹东,代表们到齐后,开了个简短的代表团全体会议。团长是某军政委,团员共有33人。要选个领队,志愿军政治部的一位干事提议说,赵士荣是团参谋长,选他为领队吧!大家同意,就鼓掌通过了。

到达首都北京的当天下午,通知志愿军代表团参加中共"八大"会议闭幕后的游园晚会,

三军凯旋

同去的还有解放军一个代表团。

第二天上午，接待机关给志愿军发来了军衔肩章、武装带、袖章，说志愿军和解放军相比有点"土气"。这样除胸章"中国人民志愿军"标志外，其他和解放军就一样了。

下午总政治部主任谭政来看望代表团，我们坐在饭堂里。谭政同志来后，我没听清他说了几句什么话，就坐下了。这时总政一位副部长对大家说，有什么意见可以提出来。他这一说就"炸锅"了。大家说，要毛主席接见和照相。

谭政同志答复说，大家要参观的事我们要研究，要见毛主席，因主席工作很忙，我不敢保证。总政副部长说，今晚早点睡觉，明一早起床吃饭，准备到天安门观礼。

10月1日，我们早早起床提前吃早饭后，乘车从劳动公园后门进入，下车列队到天安门观礼台上。天安门广场已站满群众。

检阅开始，彭德怀从中山公园乘车出来，检阅人民解放军各兵种部队。彭老总回到天安门城楼上，宣布阅兵开始。

这时下开了暴雨，我观察观礼台上没有一个打伞的。又看到天安门上毛主席和其他中央领导同志在前台也被雨淋着。

回到招待所已是 14 时多了，个个浑身都湿透了。招待所的同志们叫我们先喝碗姜汤，回去换衣服后再来吃午饭，下午好好睡觉，晚上到天安门看礼花烟火。

　　20 时，我们到劳动公园下车后，宣布解散，自由到天安门广场参加活动，22 时前回到车上。广场里群众文艺活动已经开始，我到广场转了一圈，上到观礼台上。这时广播里说毛主席在天安门和群众一起观看烟火。这时不知有多少架探照灯在广场来回扫，礼花一齐向空中喷放，景色相当壮观。回过头，看到毛主席和中央首长坐在天安门城楼上观看。

　　10 月 3 日，通知到总政礼堂听总政副主任萧华同志作报告。

　　当我们进入礼堂后，前几排已坐满将军们，台上就放着个立式话筒。代表团到齐后，萧华主任从将军行列中站起来上到台上，对着话筒站着就讲开了。他讲话生动活泼，不时引起场内笑声。

　　当讲到大家要求见毛主席时，他说我们请示毛主席，问能不能接见，主席说，同志们来北京要见我，为什么不能见，如果你们说我工作忙挡驾不能见，我要登报声明，说你们不让我见。一讲完，场内爆发出一阵掌声。

三军凯旋

当讲到参观时说，请示彭老总，彭总说，解放军是保卫祖国的，要满足要求，让大家到祖国各地看看。

在北京名胜古迹都可以看。要看京剧名角，告诉公安部罗部长，这些名角架子大，别人恐怕请不动，公安部部长请他们，他们不敢不到。参观汽车制造厂到长春，参观飞机制造厂到沈阳，参观军舰到大连。坐飞机恐怕这么多人做不到吧，可以到飞机场参观各种飞机，让飞机给大家表演一下。又是一阵掌声。

10月9日，毛主席在下午接见代表团。各团要检查不能有铁器东西。

上车前我和那位志愿军政治部干事，对团员逐人检查，到怀仁堂后面的草坪上，彭总和一些将军已在草坪等候。志愿军代表团被安排在主席座的后方。

毛主席、刘少奇、朱德同志到来了。陈赓副总参谋长迎上前去，引着毛主席和坐在前边的同志们握手，站在上边的女同志有的被叫下来和毛主席握手。毛主席握完手后也站那里，等一阵要照相，我想照相咋还有时间规定呢。大约有10多分钟，就开始坐好照相了。照完后，毛主席等领导站起来就走了。当他们快走到怀仁堂的拐弯处时，周总理来了。周总理把毛主席拦了回来，遂快步走到代表面前，说，对不起，来晚了。

陈赓同志又引着周总理和前边同志们握手。有穿便衣的科学家，周总理可能认识，还要谈几句。

陈赓同志把女同志叫下来和总理握个手。在重新照相时，刘少奇同志主动坐在离开主席的位置上，周总理过来又把他让到主席身边的位置上。又一次照相完后，毛主席他们离开了草坪，我们赶快下来。有些同志拥到了怀仁堂后门，要进怀仁堂，保卫人员挡着不让进。

这时陈赓同志过来了，问明情况，他说解放军要进怀仁堂，为啥不叫进？进！他一声令下，保卫人员也不敢挡了，人们就拥进了怀仁堂，陈赓同志当了讲解员，领着参观。

晚上，彭总在北京饭店设宴招待代表团。在车上，有人对女同志说，你们握了毛主席的手，让我握一下你们的手。到北京饭店，我们在饭厅外面的大厅等候。陈赓同志又来了，说："土包子们来北京饭店开开洋荤。"叫服务员开了会议厅休息室和房间，让大家参观。

在北京超额完成参观项目，官厅水库、八一电影制片厂等不是大家提出的内容，也都看了。梅兰芳的戏没看上，在公安部礼堂看了马

三军凯旋

连良等京剧名角的戏，大家也非常满意。

这次当上国庆节观礼代表，是我一生中的光荣。但这一光荣不应该是属于我的，应属于全军将士特别是光荣牺牲的烈士们。

我回想到军部开授勋大会时，文艺晚会我未参加，在房子流着眼泪回想我要好的几个战友，牺牲后连尸体都未找到，在烈士陵园里没有他们的墓碑。每到清明节，青少年们到烈士陵园扫墓。在烈士陵园中烈士还是幸运的，有人去给他们扫墓。有许多许多在战争中牺牲的英雄烈士们没留下墓碑，我们将永远铭记在心。

苏兆丹原名苏吊旦，1929 年出生在山西省太原市南郊大村一户贫苦农家，16 岁即参加我吕梁军分区十七支队转战南北。

1950 年 10 月，鸭绿江边燃起了熊熊战火，苏吊旦所在的部队被编入中国人民志愿军炮兵三十一师四〇一团四连，成为赴朝配属步兵参战的第一支反坦克炮兵部队。

由步兵改为反坦克炮兵后，苏吊旦怀着杀敌报国的高度觉悟，刻苦学练射击技术。不久就成为全团的"神炮手"，并担任了炮长。

1951 年 7 月 27 日，甘凤里战斗打响了。甘凤里两面是山崖，峡谷中间是一条咽喉要道，地理位置十分险要。

苏吊旦他们面对的敌人是曾参加过第二次世界大战

的美国"王牌军",即海军陆战队。战斗一开始,敌军就用飞机、大炮轮番对我军阵地进行猛烈轰击。阵地上硝烟弥漫、烈焰升腾。

接着,美军的20辆坦克朝我阵地开来。前沿指挥所要求反坦克炮兵密切注意敌人动向,没有命令不准开炮,以免暴露火力。

苏吊旦骑在炮架上,两眼通过瞄准镜观察着前方。突然,目标出现了,苏吊旦立即向指挥所报告,1000米、900米……就在这紧要关头,前沿指挥所遭到敌人的轰炸,与炮兵阵地失去了联系。

眼看着这些从未见过的庞然大物发出轰隆隆的巨响喷着火舌冲上来了,怎么办?打,没有命令;不打,必将使部队遭到损失。

苏吊旦发扬我军"机动灵活"的优良作风,以炮长身份断然下令:"开火!"第一炮打过去,就击中了一辆坦克,第二炮打过去,坦克立即起火。

此时,敌机的一枚重磅炸弹落下来,两名战士负伤倒下,苏吊旦也被爆炸的气浪掀翻在地,但他早已将生死置之度外,马上爬起来,拼命阻击越开越近的美军坦克。他既当装弹手,又当瞄准手,连发三炮,又击毁一辆,击伤一辆。

美国的"王牌军"被这突如其来的迎头痛击打得失魂落魄,掉头就跑。

这一仗,我军4门炮击毁敌军5辆坦克,连同步兵

三军凯旋

107

共消灭敌军 2000 余人。

战斗刚结束，团首长就亲自跑到炮兵阵地询问是谁先开的火。苏吊旦以为要追查责任，坦然承认是自己下的命令，并请求处分。

没料到，团首长夸他机动灵活打得好。他说：苏吊旦亲手击毁敌坦克两辆，其中一辆还是指挥车。战后，他由炮长荣升为排长。

后来，苏吊旦打坦克的事迹还被编入该部队炮兵战例的第一页。

1951 年国庆前夕，苏吊旦与志愿军的其他战斗英雄一道被邀请回国参加"群英会"和国庆观礼。在中南海怀仁堂，毛泽东、朱德分别设宴招待了这些"最可爱的人"。

一个农家子弟，一名普通战士，能够接受毛泽东亲手敬的酒，这是何等的荣耀啊！

参加完国庆观礼后，苏吊旦由毛泽东提名参加首届全国政协三次会议。

分组讨论时，总后的一位首长建议：取消军服上的衣领和衣兜，可以节约布料。别看苏吊旦年龄不大，又没啥文化，可胆子不小，他立即举手发表了不同意见。

他说：军服代表一个国家的形象，没有衣领不好看。再说，没有了衣兜，也不方便，冬天摘下手套来没个装的地方，容易丢失。说完这些，苏吊旦马上为自己的莽撞冒失而后悔。

不料，毛泽东听完，却满面笑容地说，这个意见提得有道理。

然后，他又问："小同志，你叫什么名字？哪个部队的？"苏吊旦立正敬礼后回答："报告主席，我叫苏吊旦，是志愿军炮兵第三十一师四〇一团四连一排排长。"

在太原方言中，"吊旦"就是淘气、顽皮的意思。

毛泽东一听就笑了，说："噢，你就是那个'打坦克英雄'。你叫这个'吊旦'不雅，我建议把这个名字改一下，好不好？"说完，就用毛笔在纸上写下"苏兆丹"三个字。

周恩来接着说："好呀，这个名字起得好，'兆'是多的意思，'丹'是红的意思，是个吉祥的名字呀。"

从此，苏吊旦就改名为"苏兆丹"了。

三军凯旋

志愿军答谢首都人民

1958 年 11 月 11 日，中国人民志愿军代表团在北京饭店举行盛大招待会，答谢首都各界人民对他们的热情欢迎。

周恩来等党和国家的领导人以及首都工农商学兵各界代表 1000 多人出席了晚间的招待会。

志愿军代表热情地感谢给了他们胜利和荣誉的党中央、毛主席和祖国亲人。

首都各界人民都不断地向志愿军代表敬酒，感谢他们的丰功伟绩给首都和全国人民带来了极大的鼓舞。

在中国人民抗美援朝总会主席郭沫若提议大家为"毛主席的健康"而干杯时，全场人人举杯起立，热烈欢呼，经久不息。

郭沫若在热情洋溢的讲话中说：

志愿军代表团回到首都以后，首都人民好像过年一样。非常高兴，非常欢乐。志愿军同志们同朝鲜人民军一道并肩作战，他们建立的丰功伟绩是歌颂不完的。我们今天要歌颂，今后世世代代都要歌颂。

志愿军在朝鲜得到了英雄的朝鲜人民的无

微不至的爱护，在这里我们要向以金日成首相为首的朝鲜劳动党共和国政府以及全体朝鲜人民表示最衷心的感谢。

志愿军的光荣，是我们全国人民的光荣，这光荣是党、是毛主席给我们的，我们在这里要热烈地感谢党，感谢毛主席。

志愿军同志们在首都给我们作了报告，志愿军文艺工作团给我们作了演出，给了我们巨大的鼓舞，他们永远是最可爱的人。

陈毅在雷鸣般的掌声中讲话。他说：

中国人民志愿军在朝鲜，得到了朝鲜人民、朝鲜劳动党、朝鲜政府和朝鲜人民领袖金日成同志的大力帮助和亲切关怀，没有他们的帮助和爱护，中国人民志愿军的凯旋是不可能的。

长时期以来，无数朝鲜革命同志参加了中国革命，金日成同志，崔庸健同志以及李永镐大使和大使夫人同志等都参加过中国的革命战争，帮助了中国人民，我们首先应该感谢他们，并且将永远纪念那些为中国人民革命的胜利而牺牲的朝鲜同志们。

陈毅最后说:"金日成首相即将率领朝鲜政府代表团访问我国,我们热烈地欢迎他们的到来!"

陈毅最后提议为中朝两国永恒的友谊干杯。这时,大厅里每个人都兴高采烈地为中朝友谊喝尽了自己杯里的酒。

李永镐大使怀着极大的兴奋心情在招待会上祝酒。他说他没有办法表达出朝鲜人民对中国共产党、毛主席和中国人民的深厚感情。

他热烈祝贺志愿军全体官兵在建设祖国和保卫祖国的事业中获得更加辉煌的成就,祝贺毛主席和中国共产党与中华人民共和国其他领导人的健康,祝贺朝中人民的战斗友谊和团结进一步巩固和发展。

出席晚间招待会的,还有李济深、彭真、程潜副委员长、聂荣臻副总理、政协全国委员会副主席李四光、外交部副部长张闻天、国家机关各部门、各人民团体、各民主党派的负责人、中国人民解放军高级将领,以及北京市党政机关和有关部门的负责人。

杨勇在招待会开始的时候讲话。他说:

中国人民志愿军代表团,到首都 10 多天来,受到党和国家领导同志无微不至的关怀,受到人大常委会、政协全国委员会、抗美援朝总会、北京市人民委员会、政协、抗美援朝分会,以及中央各机关团体和首都各界人民盛大的欢迎和热情的接待，这使我们无限地感激。我代表志愿军代表团的同志们，代表回到祖国怀抱的志愿军全体指战员，向首长们、同志们、朋友们给予志愿军的荣誉，再一次致以衷心的感谢。

中国人民在抗美援朝保家卫国运动中所取得的伟大胜利，首先应该归功于我们亲爱的党和毛主席，归功于伟大的祖国人民，英雄的朝鲜人民，以及全世界为和平而斗争的人民。如果说，志愿军在这个斗争中出了一点点力，有一点点成绩的话，那么，就志愿军范围来说，应当享受荣誉的，也应该是光荣牺牲的烈士们和在朝鲜战争最艰苦的时期入朝作战的部队和同志们。

杨勇又说：

这10多天来，我们像是进了一座大学一样，更具体地看到了祖国的崭新面貌。

我们所到之处，无论是工厂、农村，无论是机关、学校，祖国人民奇迹般的创造都深深地吸引着我们。

这次向祖国人民学习的参观活动中，我们更深刻地感到志愿军过去8年所取得的一点点

三军凯旋

成绩，和今天祖国这种移山填海、扭转乾坤的伟大成就相比，真是沧海之一粟。

我们为祖国所做的一点点工作，和今天给予我们的荣誉相比，实在是不相称的。

祖国人民给予我们的荣誉，对我们既是鼓励，也是鞭策。我们一定要把这 10 多天来亲身感受、亲自看到的这一切，都传达给每一个指战员，使之成为鞭策我们再接再厉、奋勇前进的力量。

和全国人民一道，迎头赶上大好形势，在新的战斗和工作岗位上，贡献出自己的全部力量。以保卫祖国、建设祖国的实际行动来报答党和祖国人民。

杨勇最后表示：

我们准备随时响应祖国召唤，为解放台、澎、金、马而奋斗。在这里，我们对日日夜夜守卫在祖国海防前线的解放军老大哥致以热烈的敬意和兄弟的慰问，并决心学习他们英勇战斗的精神，在一旦祖国需要的时候，立刻拿起武器，去教训敢于对我国发动侵略战争的美国强盗。

招待会上，中国人民志愿军文工团，著名京剧演员尚小云、马连良、谭富英、裘盛戎，以及陕西戏曲赴京演出团、中央歌舞团等单位的男女演员，演出了精彩的文艺节目。

志愿军司令员杨勇和政治委员王平，在每个节目演出结束后，都在热烈的掌声中走上舞台，向演员们敬酒，感谢他们的表演。

招待会结束后，举行了盛大的舞会。党和国家的领导人和首都各界代表，同最可爱的人尽情欢乐，直到深夜。

三军凯旋

金日成来访盛赞中朝友谊

1958 年 11 月，金日成再次应邀来中国。

11 月 22 日，金日成抵达北京，受到中国政府的热情款待。周恩来举行盛大宴会欢迎代表团来访。

席间，周恩来代表中国政府和中国人民欢迎金日成首相访华，称赞中朝友谊体现了伟大的国际主义精神，是建立在马克思、列宁主义基础之上的崇高友谊，是任何力量也不可战胜的。

金日成赞扬中国人民志愿军主动撤出朝鲜，为朝鲜问题的和平解决，缓和远东紧张局势打开了新的局面。

金日成强调，朝鲜问题必须在没有任何外国干涉的条件下，由朝鲜人民自己解决。朝中两国人民在实现和平和社会主义的同一道路上永远是相互合作的兄弟，永远是共命运的战友，朝鲜人民为巩固同中国人民的战斗友谊将竭尽自己的全部力量。

当天，毛泽东亲切会见了金日成一行。老朋友见面分外高兴，金日成握着毛泽东的手激动地说："欢迎太热烈了，我们实在不敢当！"

毛泽东谦逊地说："你们是贵宾，我们欢迎你们。"略一停顿，看了看微笑的金日成，诚挚地说："越搞越熟了。对于一个党、一个民族，相互之间认识都要有一个过程，个人之间也不是一下子就认识清楚的。我们对你们有一个认识过程，也同你们对我们有一个认识过程一样。”

两位领导人还就各自国内的经济建设情况，及共同关心的国际问题进行了推心置腹的交谈，气氛是那么的和谐融洽，交谈是那么的亲切友好。不知不觉间已到吃饭时间，毛泽东设宴招待了金日成一行。他们边吃边谈，兴致极高，时间仍觉不够，便宴结束时，两人相约留一些话明天再谈。

第二天下午，毛泽东第二次会见了金日成。晚上，毛泽东举行盛大宴会款待朝鲜贵宾，尔后又共同观看了富有地方特色的文艺演出。

12月16日，毛泽东同出访越南归来的金日成进行了第三次会谈。

12月18日，返回北京的金日成同周恩来共同签署了两国政府联合公报。

当天晚上，金日成在灯火辉煌的北京饭店参加了盛大的告别宴会。

金日成深情地说：

　　这次访问中国，我同毛泽东同志为首的中国党政领导人进行了真挚友好的会谈，讨论了国际形势和有关进一步加强社会主义阵营的团结问题，同时也讨论了关于进一步发展两国合

三军凯旋

作关系问题。正如今天所签署的朝中两国政府联合公报所说的那样，在一切问题上，我们的意见完全一致。

的确，中朝两国在许多问题的看法上完全一致。

周恩来在欢送金日成离京回国时说："我们的帝国主义敌人是共同的，我们的社会主义建设也是共同的。雄伟的长白山和美丽的鸭绿江又把我们两国人民紧紧地连在一起。我们两国人民的战斗情谊将世世代代发展下去，我们两国人民国际主义的伟大诗篇将永存史册。"

金日成表示："同甘苦、共患难的我们两国人民的友谊和团结是牢不可破的。这种友谊和团结，在我们今后反对帝国主义侵略，保卫和平和社会主义事业的共同斗争中，将继续发挥更大的作用。"

共和国的历程·凯旋之师

参考资料

《共和国五十年珍贵档案》中央档案馆编 中国档案
　　出版社

《中国现代史资料选辑》彭明主编 中国人民大学出
　　版社

《王平回忆录》王平著 解放军出版社

《抗美援朝纪实：朝鲜战争备忘录》胡海波著 黄河
　　出版社

《抗美援朝战场日记》李刚著 解放军文艺出版社

《抗美援朝的故事》贺宜等著 启明书局

《血与火的较量：抗美援朝纪实》栾克超著 华艺出
　　版社

《烽火岁月：抗美援朝回忆录》吴俊泉主编 长征出
　　版社

《伟大的抗美援朝运动》中国人民抗美援朝总会宣传
　　部 人民出版社

《开国第一战：抗美援朝战争全景纪实》双石著 中
　　共党史出版社

《我们见证真相：抗美援朝战争亲历者如是说》杨凤
　　安 孟照辉 王天成主编 解放军出版社